Misceláneas de amor

Jelitza Balcazar

© 2016

Editado por Ediciones Alféizar
C/Francisco de Borja Pavón 1 – 1º - 2
14002 – Córdoba – España
Telef.: 34 600 792 762
Email: edicionesalfeizar@hotmail.com
Web editorial: www.edicionesalfeizar.com
ISBN- 13:978-1530651924

ÍNDICE

DEDICATORIA

Es una historia del alma. Sin la fuerza del alma no hubiera podido ni empezar a programar un sistema de imaginación y fantasía que dieran inicio a esta creación artificial. Sin toda ella o su extraña naturaleza no existirán las páginas ni las palabras que mi mente proponen para de una vez por todas volar como todas lo desean. Ha sido la literatura el único camino que proclama mi Ser querer vivir por siempre y quizá por lo único que daría mi salud mental, pues la espiritual es lo que espera encontrar después de recibir respuestas de todos aquellos capaces de compartir tanto el dolor como las alegría de estos personajes que son mis amigos de tres años de lucha, dicha, frustración y recompensas. Por eso agradezco inmensamente a mis padres, a mis hermanos y a mi prima quienes optaron finalmente en creer, algunas veces seguros de que este sueño no era más que una falsa ilusión, y otras porque está comprobado que de que de otra manera tal vez acarrearían con un familiar que siempre le cerraría la puerta a la señora felicidad por no saber reconocer su rostro en medio de tantas cosas vanas. Además, una noche de dialogo llegamos a la conclusión de que en estos tiempos *algo hay que inventar*. También agradezco a los cuantos personajes de mi vida real que inspiraron a los personajes aquí presentes, pues sus historias son tesoros que una vez escucharon mis oídos jamás pudieron ni quisieron abandonar. Camilo y su heroico amor es un héroe de la vida real y los episodios de más grande amor le pertenecen a quien más experimentaron el amor en carne y hueso. Después de reconocer haber escogido caminos opuestos a las carreteras de mis sueños más reales, los miedos simplemente se acaban, se diluyen en la mentira que los crea, dando paso al reto de enfrentarte a miedos mayor consistencia, capaces de llevarte volando por el aire hasta reposar en manantiales de agua pura. Agradezco a Dios y a mi Ser quien me dictó la inspiración y creó las carreteras sensoriales para que sus mensajes llegaran a este cuerpo de sangre y hueso, a la punta de mis dedos temblorosos que en sus ansias de escribir olvidaban deletrear palabras y en estas terminaban en su mayoría siendo un total desastre de caligrafía pero vivas fuentes de historias dedicadas a ti. Espero lo disfruten tanto como yo y algún día en el camino podernos dar la mano en honor a nuestro amor compartido por el arte de amar con palabras, colores y sabores, con tinta, hojas y papel. Estoy segura que si has llegado hasta este punto de mi vida es porque existe una misión que aunque ignoremos vivirá, tal vez mañana sea yo quien lea tu mensaje de amor. ¡Que así sea!

SE HACE CAMINO AL ANDAR

Desesperada y sin rumbo fijo, Carmelia partió en el primer tren que salió de la estación. Tan solo guardaba consigo la leve esperanza de que en el barrio chino, algún curandero naturista le ofreciese un nudo de hierbas mágicas que le apretasen los ojos fuertemente y le ayudaran a contener tan inmensas ganas de llorar. Carmelia sólo creía en el pavimento extendido bajo sus pies caminantes sin destino.

Una vez más se trataba de una desilusión de amor. No sabía cómo empezar a conjugar preguntas y respuestas sobre aquella pérdida tan inesperada de ese alguien a quien ya su corazón y sus labios había jurado amor eterno, acompañando "te quieros" con hermosas danzas de besos, caricias y versos robados de sus poetas favoritos, los cuales comprobaban al mundo y para ella, que amores de ese tamaño por los que muere la gente, son ficticios ante la realidad aun cuando son tan reales para autores locos en sus novelas, canciones y suicidios de películas. Comenzaba a comprender el "Amor" como un diseño exclusivo no creado para todos por igual.

Durante su viaje en el tren, Carmelia levantó cautelosamente la mirada y jugó a descifrar rostros, gestos y miradas ajenas de sus improvistos compañeros de viaje. Absolutamente todas las miradas perecían desoladas, distraídas, y exhaustas de luchar. Carmelia aventuró con descifrar cada una de las situaciones amorosas de cada pasajero, y tuvo la fiel sospecha de que todos parecían respirar un mismo aire compartido dentro una inseparable conexión universal a pesar de la lejanía e individualidad en la que podrían moverse sus vidas y la cual era obvia en sus tan diversas maneras de vestir y en sus gestos corporales.

La mayoría de las mujeres delataban en sus pupilas el brillo de un amor sin fronteras. Mientras que los hombres, con excepción de unos pocos, escondían tras sus retinas unas válvulas reguladoras, que a cuentagotas median la cantidad de amor y ternura permitidas a ser reveladas o transmitidas al exterior.

Frente a ella, un hombre de traje y corbata ligeramente floja, cabellos rubios, compostura gruesa y hombros redondos, parecía estar luchando por contener un gesto de emoción que ante su menor descuido se le escapaba del rostro por falta de voluntad. Con sus manos llevaba una danza, jugando a enlazar y desenlazar sus dedos nerviosos, mientras abría y cerraba ligeramente los ojos y, al cerrarlos, dibujaba una gran sonrisa con los labios. Carmelia pensó en un millón de picardías vividas capaces de otorgarle a ella un instante de felicidad similar. Sintió sus ojos abrirse dentro de sus parpados cerrados y en el proyector de su memoria, vio a Roberto Suarez jugando a perseguirla en la plaza sin importarle los muchos chismosos que señalaban lo ridículo que era ver a dos adultos en aquella escena, mientras muchos otros, lanzaban suspiros callados para no delatar el deseo de protagonizar una historia de amor igual. Después de aquel vivo recuerdo, el foco de su mente se apagó por unos minutos, tan solo transmitiendo una luz esplendorosamente blanca incapaz de acobijar recuerdos. El timbre de las puertas del tren fue el llamado a tierra desde su locura. Caminó once cuadras sin ninguna expectativa, cuando en la mitad de la doceava cuadra, encontró lo más inesperado. Allí, sentado entre dos puertas de entrada a un restaurantes chino, sin ningún apuro de ser, se hallaba Camilo Vélez, su hermanito menor, quien había desaparecido un día sin avisar a nadie. Entonces el tiempo se detuvo.

-¡Camilo! ¡Hermano mío! ¡Mi corazón y el de mi madre no tienen descanso desde que te fuiste! ¿Cómo estás?

El joven permaneció inmune ante el efusivo saludo de su hermana. Ya hacían casi dos años desde que decidió partir, o mejor dicho huir, pero le había faltado imaginación y recursos para evitar tan inesperado reencuentro con su hermana, quien lo miraba desde arriba apuntando sus ojos al piso. Al partir sólo dejó una carta comunicando que se iba sin rumbo a mochilear los países del Sur. Que no se trataba de una desaparición y que si realmente lo amaban, que por favor respetaran su posición y no intentaran buscarlo, pues él elegiría el momento adecuado para regresar.

-Mírame, por favor. Soy yo Carmelia. Quiero saber tantas cosas de ti. ¿Acaso ya no me reconoces?

Los ruegos continuaban pero se aclimataban a su oído, algunos ni siquiera llegaban a tocarlo, pues se perdían en su trayecto por el aire al mezclarse con el ruido de los carros y el bullicio de la gente.

-Hermano…regálame un poquito de Amor… -pronunció Carmelia desde algún rincón de su alma agobiada.

Entonces su cerebro filtró tan sólo esa palabra incapaz de pasar por desapercibida. Camilo levantó la mirada y ése fue el gesto suficiente para entablar conversación. Se puso de pie y giró el cuerpo de su hermana en dirección a un callejón que nacía en donde moría la calle principal donde se encontraban. El dialogo entre hermanos se desenvolvió con la naturalidad de dos seres que se despiden en la mañana para ir al trabajo y esperan encontrarse en casa al final del día.

-¿En qué piensas? ¿Eres feliz?

-Te ves hermosa -susurró Camilo con una sonrisa

-Aha…

-Vivo como busqué vivir. Soy dueño de mí, hice de mi corazón un empleado de mi cuerpo, ya no es mi cuerpo dictador de mis urgencias.

-¿Sabes?, intentó interrumpir

-Estoy deseoso de esa felicidad que tu buscas porque para mí también es desconocida hermanita-respondió adelantándose al interrogatorio de su hermana.

-Hoy algo dentro de mí me pedía libertad -continuó Carmelia ignorando por completo el comentario-. Algo me pedía romper con la cárcel de mis conceptos de felicidad y supuestos ideales. Yo también deseo ser feliz.

-¿También? ¿A qué te refieres? ¿Quién más a tu alrededor crees que lo ha logrado?

-¡Tú!

-Te equivocas -respondió Camilo casi energético-. Huir no es volar. Volar es un desprendimiento con conciencia despierta de lo que se quiere lograr. No es dejarse vencer en la batalla por dura que sea. Dejar al partir la huella del éxito, y no hablo del éxito convencional, sino de aquel que sólo para ti es real e importante. Yo, en cambio, fui cobarde ante el amor mismo, y ahora tú me pides que te enseñe algo que jamás logré.

-Entonces ¿qué has logrado en esta situación? ¿Algo te tiene todavía aquí, no?

-Sólo el descubrir que existe una razón por la cual seguir luchando en esta vida, y que algún día la encontraré. Este cuadro tal como lo ves ahora es el resultado de un millón de consecuencias a rienda suelta, no el objetivo inicial, ni mucho menos el final.

Al otro lado de la calle una madre gritaba desaforada mientras su pequeño de tan sólo metro y medio de estatura corría en la mitad de la carretera tras su balón de futbol. El semáforo alumbraba en luz verde y la vida del niño balanceaba en la pupila de cada conductor que suplicaban al dios en el que creían que le concediera esquivar al pequeño, mientras mantenían una mano fija en el volante y con la otra aplastaban la bocina hasta casi reventar.

Un auto rojo lo rozó sin golpearlo, pero la pirueta le hizo perder el control del volante y éste comenzó a girar descontrolado trazando círculos sin ejes sobre el pavimento. Al mismo tiempo, un jeep mucho más grande se asomaba por la intersección avisando su proximidad con el estruendo aturdidor de un freno seco y neumáticos que parecían estallar. Aun cuando los espectadores no se recuperaban de la escena de casi ver morir a un niño, los corazones de la multitud invertían sus últimos suspiros en lanzar plegarias al cielo por la protección de quien sabe cuántas vidas dentro de aquellos dos autos.

El choque fue inevitable.

El día había llegado para casi todos los pasajeros del auto rojo. Se trataba de una pareja joven de aproximadamente veinticinco años cada uno, una abuela de más o menos sesenta años y un bebé de dos años, quien fue el único sobreviviente.

Carmelia y Camilo fueron los primeros en recuperar la noción y corrieron de inmediato al auxilio de las víctimas, en direcciones opuestas. Carmelia se dirigió hacia el jeep azul. Camilo corrió al auxilio del auto rojo, impulsados por el simple instinto de quien acierta a dar un paso hacia su destino.

En cuestión de segundos la cuidad fue invadida por el ruido de la sirenas que acudían al rescate. Más tarde, las noticias pudieron dar un reporte exacto de siete patrullas y cinco equipos de departamentos de bomberos. El caos en la cuidad apenas empezaba esa tarde de martes a la 1:00pm. Los dos hermanos acabados de reencontrarse embarcaron rumbo al protagonismo de dos vidas diferentes. Carmelia acompañó al hombre del jeep azul, motivada por una leve luz en sus ojos que creía sentir que le rogaban que se quedase a su lado para ayudarlo a disipar en lo más mínimo el dolor que sentía dentro de las huesos y entre cada músculo como si la sangre se le hubiese convertido de repente en un líquido hirviente que derrite las células y se come la carne a mordiscos de dolor.

En un tono muy bajo para que no fuese invidente ante nadie ser completos desconocidos, él inició conversación.

-¿Cómo te llamas? -dijo en un sonido mudo que sólo se adivinaba rastreando pacientemente el movimiento de sus labios.

-Car…, Carmelia Vélez -dijo casi escéptica.

-Le-o-nar-do Vi-za-rra -dijo deletreando débilmente su nombre-. Gracias por quedarte… -continuó, aspirando sorbitos de aliento entre cada sílaba.

-Disculpa mi atrevimiento, algo me decía que debía quedarme aquí, a tu lado... Tan pronto lleguemos al hospital, tendremos que avisarle a alguien de los tuyos para que ocupe éste que no es mi lugar.

Leonardo negó con la cabeza.

-¿Eres sólo? ¿Tienes familia?

-Sí, pero....

Carmelia tuvo la sospecha de ver un fallido intento de Leonardo por mover su mano derecha en busca de las manos de ella, que reposaban nerviosas al borde de la camilla de emergencias. Los dos sintieron lo inapropiado del momento y no pudieron evitar un gesto de burla. Carmelia soltó una sonrisa de oreja a oreja con sus labios temblorosos, Leonardo lanzó un suave suspiro a la nada.

-Te hablo en serio. Una vez lleguemos al hospital me van a preguntar mi parentesco contigo. Obviamente debe acompañarte alguien de tu familia.

-Y tú deberías comunicarle a alguien sobre tu paradero. También deberías hacerte mi familia -sugirió Leonardo con su evidente buen sentido del humor.

-No. ¡En absoluto! Salí esta mañana buscando huir y no ser encontrada -respondió Carmelia en un impulso bruto e inmaduro.

-¡No corriste lo suficientemente lejos! ¡Te atrapé!

En ese momento, cuando se disponía a alcanzar la mano de su nuevo amigo, se abrieron las puertas de la ambulancia con un terrible afán. Bastó un vistazo hacia el exterior para que ambos se invadieran del pánico propicio de sentir durante el drama de un accidente que amenaza con arrebatarle la vida, después de ya haber cobrado la de otros. Los paramédicos actuaban de prisa luchando abrir paso en los congestionados corredores de emergencias. Carmelia luchaba por mantener el ritmo en medio de gritos y con lágrimas en los ojos, mientras lamentaba la suerte de aquel hombre que estaba siendo transportado quizás a la vida o quizás a la muerte.

Para lo que Carmelia y Leonardo era un terrible afán. Para Camilo era un llamado a ser guardián y protector de una criaturita, única sobreviviente del auto rojo. El joven padre de la bebe aún agonizaba lentamente sobre el pavimento pero para todos los espectadores y paramédicos era evidente que cualquier movimiento, por menor que fuera, podría resultar en un desgarramiento de sus piernas y caderas.

El auto se hallaba completamente doblado. La parte delantera se había hundido de tal manera que el volante se incrustó bajo las costillas del joven. Para la joven madre y la abuela, la escena fue tan fuerte que podría decirse que sus corazones pararon justo a tiempo para evitar ver el final de sus vidas. El corazoncito de la bebé corría también el riesgo de estallar a punta de chillidos. Tan sólo quedaba insistir con piruetas de primeros auxilios hasta que el palpitar de su corazón indicara naturalmente el fin.

Esa pequeña personita representaba para Camilo la oportunidad de rectificar todas las fallas del pasado, una culpabilidad de la cual nunca imaginó poder escapar. Pues durante mucho tiempo en su abandono y en el largo recorrer de las calles, sólo lo mantenía vivo esa culpabilidad penetrante que no le permitían ni por un segundo olvidarse de que aún estaba vivo y humanamente apto para el dolor.

La bebé no paró de llorar sino hasta después de un largo rato cuando Camilo lo sostuvo tan cerca de su pecho que pudo transmitir la energía y el mensaje de que no la desampararía. Las ambulancias ya estaban listas para partir con las víctimas. El padre rotaba los ojos desesperados en busca de su hija amada y luchaba con no irse de este mundo dejándola atrás. Hasta que por fin, a unos dos metros de distancia, tras un sin número de espectadores y equipos de rescate, pudo divisar la suave figura de su bebe entre los paternales brazos de aquel hombre casi soñador, que mantenía la mirada elevada hacia el cielo, deslumbrando un esplendor de agradecimiento por lo divino. Camilo abrazó a su bebe, dio la vuelta y emprendió un camino con rumbo fijo, pues ya no era un caminante solitario sino todo lo contrario, la luz y guía de un pequeño angelito durante su paso en la tierra.

Caminó veintisiete cuadras sin parar. La niña ya no lloraba. Entonces disminuyó el paso y se detuvo ante una capilla con las puertas abiertas que dejaban ver desde la distancia de la calle, un hermoso altar con la imagen de la Virgen María Auxiliadora sosteniendo al niño Jesús entre sus amorosos brazos, al lado derecho se hallaba una pila rebosada de agua bendita. Camilo elevó a la bebe en forma de ofrenda hacia la Virgen y la atrajo de nuevo contra su pecho acostándola sobre su brazo izquierdo, mientras con su mano derecha, recogió un charquito de agua de la pila, teniendo mucho cuidado para que no se le derramase por entre los dedos, cerró los ojos y levantó su rostro de hombre en forma de plegaria o quizá promesa, eternamente confidencial, y derramó el charquito de agua sobre la pequeña cabeza de su criatura para bautizarla con el nombre de Diana. La Virgen y su divino niño Jesús fueron los únicos testigos de aquel sacramento y declaración de unión entre padre e hija.

El día transcurría demasiado rápido. Ni mencionar la secuencia de inesperados acontecimientos. Al llegar al umbral de la puerta de salida de la capilla, vio un gigantesco sol que brillaba incandescente, entonces vino a su mente el recuerdo de su recién encontrada y nuevamente desaparecida hermana. Ahora sí que quería ser encontrado para tener la dicha de compartir con alguien de su pasado, la gran noticia de ser papa.

CORREDORES DEL DESTINO

-¡Leooooo! ¡Leooooo! -susurraba una tímida voz.

Los ojos de Leonardo hicieron tres fallidos intentos de levantar la mirada.

-Amor, ya iremos a casa -pronunció de nuevo la tímida voz.

-Un leve parpadeo bastó como respuesta. No existían más preguntas como: ¿Qué casa? ¿Por qué permanecía a su lado? ¿Cuáles eran los diagnósticos? Pues fueran cuales fueran las respuestas, tenía el presentimiento de que se trataba de un nuevo y cálido hogar. Y eso lo llenaba de paz.

El médico asomó la cabeza por la ranura de la puerta e hizo varias señas a Carmelia para que lo acompañara al pasillo, para actualizarla sobre los resultados de la operación que habían acabado de ejecutar.

-Señora, no tuvimos otra opción -empezó firmemente-. Las heridas eran demasiado profundas. Como usted ya sabe, el mayor impacto fue en la pierna derecha, hubo demasiada pérdida de sangre y muchos tejidos totalmente destruidos.

-Sí doctor, comprendo. Por favor, dígame ¿qué cuidados se deben de tener en estos casos?

-Todos los posibles señora Carmelia. El resto de su cuerpo aún sufre fracturas bastante delicadas, pero nada comparadas a la gran pérdida.

-Carmelia frunció el ceño sin entender.

-También será recomendable acudir a terapia -continuó el doctor en la fluidez de quien ya se siente cómodo en su tema de exposición-. Es decir, apoyo emocional…aunque eso varía siempre con el paciente.

Entonces el médico procedió a entrar en detalles del porqué había sido necesario amputar la pierna derecha de Leonardo.

Carmelia palideció en un aliento pero se reintegró de inmediato para aparentar valor.

-Doctor, ¿cómo se le va a dar la noticia? ¿Cómo cree usted que la va a tomar?

-Mire Señora, nunca es fácil, necesitará mucho apoyo y comprensión.

-Sí, claro —Carmelia bajó la mirada en busca de alguna señal que le indicase que estos acontecimientos acertaban hacia su destino, y que no se tratasen del comienzo de una cadena de males buscados. Buscó y buscó pero nada resaltaba como señal obvia.

Lloró y lloró hasta que sus ojos recobraron las fuerzas capaces de contener el mar que brotaba por dentro. Una vez recuperó el semblante y su aliento dejó de temblar, entró de nuevo en la habitación para sostener la mano de Leonardo.

-¡Linda!

-Dime -su voz volvió a quebrantarse-,....el médico recomienda pasar un par de noches más para así poderte brindar el mejor cuidado posible, el que yo no te puedo dar.

-¡Yo confió en ti! Es más, hay algo que te quiero preguntar.

-Dime.

-Eres real o eres mi Ángel de la Guarda –Leonardo jugaba otra vez a seducir.

-Entonces, Carmelia se acercó un poco más y le acarició la cabeza suavemente, y así con la paciencia y ternura con la que se arrulla a un bebé, fue soltando detalle a detalle todas sus intenciones de huir y los extraños sentimientos que se apoderaron de su ser aquella mañana antes de conocerlo. Contó con ojos llenos de alegría, acompañado por un tono alterado repentino de voz, el tan inesperado encuentro con su hermano menor. Tan pronto terminó de relatar el sorprendente episodio, su voz tornó otra vez profunda y cautelosa para narrar la manera en la que vivió el accidente. Los gestos de su rostro se expandían y fruncían segundo a segundo con cada palabra, pues era en ese preciso instante en el que su mente organizaba de manera cronológica los hechos de aquel día. Su corazón empezaba a asimilar la locura en la que se veía involucrada. El día entero fue como estar en una montaña rusa con la particular característica de llegar a ningún punto fijo sino el alejarse mucho de su punto de partida.

-Leonardo dejó de sentir dolor mientras escuchaba atentamente a Carmelia revivir sus experiencias. Todo le resultaba extremamente repentino y muy fascinante.

-Eres fascinante Carmelia. Acércate un poco más.

Carmelia asintió a su invitación, impulsada por un ingrediente muy parecido al amor. Apoyó su mano sobre la camilla justo en el espacio donde por lógica, la posición de Leonardo indicaría tener su pierna derecha estirada sobre la cama. Los dos agacharon la mirada y fue evidente notar cuáles habían sido los procedimientos durante su estadía en el hospital.

-Los médicos… -y fue lo único que dijo, porque al mirar el rostro de Leonardo perdió el aliento para continuar.

-¡Dios! ¿Pero cómo han podido? -exclamó furioso

-¡Leo…!

-¡No! ¿Qué? ¿Por qué no te largas por el mismo camino sin rumbo que te trajo a mí y dejas de ser ave de mala suerte?

Se sintió un aire asfixiante en la habitación. Eran troncos gigantescos de hielo que iban desde el piso hasta el cielorraso. Ninguno de los dos podía respirar en medio de las ruinas de tantas mentiras desenmascaradas.

-¿Qué? —exclamó Carmelia en su defensa- ¿Pero quién te has creído que eres? Te ayudé Leonardo. Ese fue mi único motivo para quedarme junto a alguien a quien desconozco por completo.

-¡Sí! ¿Buscabas algo no? Una misión y la encontraste. Ya te puedes ir creyéndote la buena samaritana que necesitabas para aprenderte a amar. ¡Ahora lárgate! En mis ojos has fracasado.

-¡Sí! ¡Me voy! ¡No sé cómo pude ser tan estúpida!

El silencio volvió a reinar en la habitación. Después de un largo rato, los dos recuperaron la razón y la sensibilidad.

-¡Mi hermano, Dios mío! -Carmelia rompió el silencio al caer en cuenta de haber desaprovechado quizá la última oportunidad de la vida de ver a su único hermano, hasta el momento, su ser más amado.

-¡Carmelia! —gritó Leonardo con los pocos alientos que contaba al ver que aquella mujer que le despertaba tantas sensaciones extrañas se marchaba para siempre.

-¿Qué?

-Gracias…

Carmelia sonrió temblorosa y vacilante.

-Será mejor que me vaya antes de que alguien venga a revisarte. No quiero que crean que tengo alguna mala intensión como tú lo has dicho.

-¡No...Espera!

-No son necesarias las disculpas.

-No es eso. No quiero que te vayas.

-Dime a quién quieres que le avise para que te acompañe. Lo haré de inmediato para que no estés mucho tiempo solo.

-No tengo a nadie cerca.

-Leonardo. No sé quién eres, ni cómo llegué a involucrarme en esta novela pero sí sé que no está bien dejarte solo en estos momentos. Ayúdame a ayudarte.

-Llévame a casa.

-El medico ha estado bastante pendiente de tu caso. Llevas cerca de dos semanas en el hospital y el proceso de recuperación se pronostica que será muy delicado. Sé que reconoces perfectamente los rostros de todo el personal, pero de otros detalles es muy factible que no te acuerdes muy bien. Los medicamentos y la anestesia son demasiado fuertes y no te permiten estar totalmente lúcido. Cuando te traían en la ambulancia te veías muy bien, sorprendentemente, pero el accidente fue horrible y pienso que hay muchas razones para dar gracias a Dios, porque a pesar de las decisiones de los médicos, las pérdidas pudieron haber sido mucho mayores, hasta la vida entera.

-¿Qué pasó con los pasajeros del otro auto? -preguntó Leonardo sintiéndose culpable.

-No sé nada -Carmelia ocultó la muerte de la familia del auto rojo para no perjudicar más la salud emocional de Leonardo.

-Tienes que entender. Tengo miedo. Ya no estoy completo. Nunca imaginé que algo así me pasara a mí.

-Eres una persona completa y tienes que aprender a verte como tal. Eres afortunado de estar vivo. Ahora estás por empezar un nuevo capítulo en tu vida. Las desgracias también son razones por las cuales agradecer, no todo el mundo es escogido por la divinidad para demostrar su fortaleza. La vida nos entrena de diversas maneras y no habría caso en ello si no hubiera un momento de comprobar sí somos almas útiles o sólo somos mero desecho.

-Yo no pedí sobrevivir —su ánimo amenazó con perder otra vez la cordura mientras lágrimas impotentes le brotaban de los ojos.

-Nadie pide una cosa de estas. Todos preferimos no tener que vivir algo así en carne propia. Es por eso que debemos de ser agradecidos con lo que tenemos cuando lo tenemos, porque siempre sobran las razones por las cuales agradecer sin importar lo que nos falte. Tú vas a estar bien. Ya verás cómo tu vida continuará llena de sorpresas muy gratas e increíbles logros.

-Me encanta correr... -las palabras se enredaron en un suspiro.

-¡Volarás!

LOS ALTIBAJOS DEL ANDAR: UN CAMINO PEDROSO

Camilo tenía toda una vida por restaurar. Ahora era el primer momento que sentía la necesidad de re-existir desde aquel día que emprendió su camino a la nada. Diana era y seguiría siendo su razón de vivir y por la cual luchar. El suicidio nunca fue una opción para él a pesar de que llegó a invadir su pensamiento en múltiples ocasiones. No era la falta de valentía lo que lo detuvo de quitarse la vida sino que no consideraba esa opción como un escape del sufrimiento terrenal. A sus veintiocho años todavía tenía muy confusas sus creencias acerca de la vida y la muerte. Por mucho tiempo creyó firmemente en la famosa propuesta filosófica de que cuando morimos volvemos a ser precisamente lo que se fue antes de nacer, la nada. Luego, a través de los años cuando se vio enfrentando mortales obstáculos, le fue repudiando la idea de que esta vida tan luchada no fuera más que un simple plano de concursos sin premios, que no llevaban a ningún lado. Entonces sin una creencia sólida decidió simplemente temer un poco atentar contra su propia vida, puesto que si no había elegido poseerla, era claro que no era algo de su pertenencia, derecho, o dominio total. Había escuchado de muchas personas que las almas suicidas no pasaban al descanso eterno, ni a una mejor vida, sino que se quedaban penando eternamente en el purgatorio. Si recurriese al suicidio para librarse del sufrimiento de esta vida, ¿qué podría liberarlo del purgatorio si no existía la opción de matarse estando muerto?

Mientras reflexionaba largas horas del día sobre su propósito de existir, se acercaba a la conclusión de que gran parte de la respuesta encajaba a los episodios vividos justo antes del momento de su partida, siendo en sí fragmentos importantes de los cuales no se acordaba muy bien, pero que seguramente escondían el capítulo más importante para lograr la reconstrucción de sí mismo.

El sol permaneció brillante por largas horas y la bebé respiraba suavemente en los brazos de su protector. El camino se había alargado hasta la puerta de un edificio blanco con un letrero grande a la entrada que decía "Instituto Niños de Paz". Camilo levantó su mirada en señal de pleitesía ante aquel lugar que era una gran pieza del rompecabezas de su significativa vida antes de voluntariamente desmoronarla en el refugio de la derrota.

La recepcionista le hizo par de muecas y musarañas con las manos al creer distinguirlo desde la distancia como aquel viejo colega, que por concretas y válidas razones le alegra mucho volver a ver, en cualquier etapa de la vida y sin importar el pasar de los años.

-Buenas tardes Inés. ¿Te acuerdas de mí? -pronunció Camilo al estar a tan sólo unos cortos pasos de la muchacha, aún cuando la cara de ella seguía transformando el gesto universal de sorpresa en la felicidad de comprobar que era cierto lo que veían sus ojos.

-¡Dios mío! ¡Camilo...es usted!

-Estoy bien. Gracias Inés. ¿Y tú? —se adelantó con picardía

Inés no podía evitar mirarlo de arriba a abajo una y otra vez como quien repasa los puntos claves para responder las preguntas de un examen muy importante. Al cuarto o quinto escaneo visual, detuvo su mirada justo en las pupilas del hombre que algún día había amado silenciosa y misteriosamente, pero a quien ya ella misma, con sus ligeras cualidades de psiquiatra, había pronosticado, enfermo de locura.

-Bien…Camilo, que gusto verte. Pero dime ¿cómo te puedo ayudar?

-¿Está Ernesto?

-Sí. El doctor está en su oficina. ¿Desea que lo anuncie?

Camilo nunca se explicó por qué Inés siempre se mantuvo al margen del formalismo. Se acordaba de verla siempre extrovertida alrededor de amigos, pacientes u otros colegas, pero con él nunca se había abierto para entablar una conversación relajada.

-Si me hace el favor —respondió él con el mismo formalismo.

-Claro…

Transcurrieron unos cuantos minutos más de silencio e Inés no se aguantó más las ganas de saber quién era aquella criatura que no podía disimular haber visto en el regazo de su antiguo y tan ambiguo amor.

-Y esa bebé… ¿Es suya, Camilo? ¿Es decir, cómo se llama?

-Diana Sofía Vélez -respondió él serenamente-. Es muy bonita ¿verdad?

-¡Sí! Déjamela ver.

-Claro -Camilo acercó un poco a la bebé e Inés posicionó sus brazos para recibirla.

-¿Y está muy contento?

Inés conocía todo el pasado de Camilo. Habían trabajado juntos en el instituto durante periodos intermitentes a medida que se expandía el proyecto y él y Ernesto echaban raíces fijas en Nueva York con cada regreso de sus largos viajes. Inés fue la primera empleada o cómplice de la aventura. Al conocerse, solían embarcarse de corazón en sin número de proyectos e ideales, algunos que no llegaron ni llegarían a ningún lado pero que ofrecieron miles de ocasiones para estar juntos, a solas, convertirse en grandes amigos y cómplices si hubieran querido, o hasta enamorarse en silencio y tragar suspiros como lo fue en el caso solitario de Inés por aquel hombre ya comprometido en un noviazgo que parecía no tener quebranto. En aquellos días, almorzaban juntos y compartían largas caminatas decoradas por millones de historias de momentos inolvidables en sus infancias y etapa de adolescencia, pero Inés siempre se mostró cohibida al hablar de sus sentimientos y parecía seleccionar muy bien su baúl de recuerdos. Camilo, por su lado, gozaba tanto de su compañía que prefería dar rienda suelta a cada uno de sus pensamientos y sentimientos de su espiritualidad y profesionalismo, la mayoría de sus historias eran sobre sus conmemorables momentos vividos al máximo al lado de su tan siempre amada novia Tatiana Vásquez, a la que no le alcanzaban las fuerzas para adorar. Día a día era una búsqueda por intentar otra vez derrumbar el bloque de hielo que percibía en su compañera, pues sabía que detrás de su formalidad existía una aventurera que lo complementaba totalmente en su tan ambiciosa misión de trabajo social. Al cabo del tiempo y por desgracia, Inés también fue testigo de la frustración y frialdad con la que Camilo recibió la noticia de que iba a ser papa, y ahora, como es de irónica la vida, lo veía entrar por la puerta grande del Instituto, con una bebé en brazos.

-¡Caramba, Camilo! ¡Que rico verte muchacho! -dijo una vos fuerte y varonil.

No fue ni siquiera necesario anunciar la visita para que el viejo Ernesto asomara su cabezota por la ranura de la puerta y mirando por encima de sus espejuelos reconociera a su viejo compañero de clases y amigo Camilo.

-¡Doctor! ¿Cómo me le va? -reaccionó en una vos espontánea de quien nunca se alejó, como si no debería ninguna explicación.

-¡No podría ser mejor! Pero, pasa por favor -dijo el Dr. Avellanos haciendo un gesto con la mano para invitar a Camilo a seguir a su consultorio, antes compartido.

Los dos caballeros se dieron un fuerte abrazo. Inés, que era más expresiva en gestos que en palabras lanzó una sonrisa para manifestar que ella cuidaría con gusto de la bebe mientras ellos penetraban a un mundo de palabras, anécdotas, explicaciones, reflexiones, reclamos y confesiones del pasado, presente y hasta del futuro.

-Pero ¿que tenemos por aquí? ¿Y ésta preciosa niña?

Y mirando a Camilo...

-En el instituto siempre lamentamos mucho tu partida amigo, pero ya esperábamos como hoy, tu regreso.-dijo en un tono natural de amor sincero.

-He estado en la calle, Ernesto. ¿Sabe?

-Toda labor tiene sus riesgos...

-Necesito hablar con mi viejo amigo.

Entonces, el Dr. Avellanos estiró los brazos para recibir a Dianita y le pidió a Inés que trajera unos tintos para la charla. Luego le pidió a un chico que rondaba por la recepción que fuera a la farmacia más cercana a comprar un tarro de leche en polvo, teteros, y pañales para la bebé.

Ernesto era director del departamento del Instituto Niños de Paz. La fundación llevaba cinco años de plena devoción a pelear en las cortes millones de casos de niños delincuentes, violentos y retraídos sociales para tratar de brindarles la oportunidad de pertenecer sino a la sociedad, a un ambiente de armonía con ellos mismos y con un entorno familiar. Luchaba junto con otros como un día Camilo, por brindarles una nueva oportunidad de rectificar sus males antes de ser condenados a ser prisioneros o prófugos desde antes de la cumplir sus 18 años. La fundación se fundó justamente cuando ambos caballeros estaban próximos a culminar sus estudios universitarios en psiquiatría y buscaban ambiciosos, darle un sentido único a sus vidas. En ese entonces Camilo tenía veintiséis años y Ernesto treinta y ocho. Se hicieron amigos inmediatos desde los primeros semestres compartidos en la Universidad de Nueva York. Su Tesis de graduación requería trabajar con un grupo de personas que manifestasen un comportamiento antisocial. Así fue cómo surgió la idea de defender pequeños en precintos y cortes. Al terminar el periodo de Tesis, los dos reconocieron estar completamente enamorados del ayudar a los niños y se creyeron con la fortaleza inquebrantable de hacer de ello una misión de vida. Partieron a iniciar la misión desde los estados del sur de los Estados Unidos subiendo por toda la costa Este, para finalmente radicarse de regreso en Nueva York. Ernesto y Camilo comenzaron donando representación como abogados defensores en las cortes públicas para ayudar a prolongar el sano vivir de niños rebeldes justo en los momentos próximos a perder el derecho de pertenecer a una sociedad, niños que tanto surgen en esta nación donde el trajín matutino exalta el calor y el respeto de un hogar. Juntos habían acumulado fuerzas, sabiduría, corazón, y un humilde capital para abrir un pequeño centro de refugio en lo que había sido antes una casa de ancianos para acoger a los pequeños que lograran librar de sus condenas. Acondicionaron el último cuarto para vivir y el resto lo decoraron con sofás, escritorios, dos camillas de emergencias que pensaron muy útiles, un teléfono, un cuarto lleno de entretenimiento para los chicos, floreros cuyas flores se cambiaban cada lunes, y una colección de libros de todas las índoles: leyes, ciencia, comportamiento humano, historia, mitología, mística, y un arcoíris de novelas que pertenecían a sus bibliotecas personales y servirían como escuela, fuente de cultura y educación para los jóvenes rescatados, en sus esfuerzos por también sembrar cierto amor por la literatura.

El instituto realmente era un reflejo de lo que sus corazones deseaban ver florecer y surgir en una raza humana ideal. Las actividades de cada día al igual que los procedimientos de rescate eran basados totalmente en sus reacciones autónomas como individuos y discernimiento de lo que fuera más correcto en cada caso específico, pues en el afán de emergencia de cada situación no habían cabida para prácticas de regeneración emocional imitadas o sesiones terapéuticas convencionales que en su mayoría solo sirven para clasificar un mundo humano en una simple descripción general descripta en un libro de psicología escolar. La única condición establecida para su trabajo en equipo era la de no encariñarse demasiado de sus pequeños clientes. Esa era precisamente la línea de más alto riesgo, puesto que los niños en su mayoría, habían crecido en circunstancias bastantes dolorosas, llenas de violencia, maltrato, abandono, violación, que los dejaban a la inservible merced de la fuerza de un rencor inmenso contra el mundo. A sus mentes rebeldes añadían el supuesto hecho de haber venido a la vida sin ser dados la elección personal, querer pertenecer o renunciar a este teatro mortal. El no apegarse a los pequeños resultaba entonces el reto más difícil de todos. Era tal el rencor a existir que ninguno se mostraba agradecido ante la oportunidad de reevaluar sus vidas, al menos hasta minutos antes de ser atravesados por una bala, un puñal, o encerrados por años en prisión, renunciando para siempre a la luz del sol. Algunos consideraban la intromisión de Ernesto y Camilo una imprudencia que más adelante traería intereses escondidos. Sami era un caso muy especial, especialmente para Camilo, quien empezaba a faltar a la promesa de no involucrar sentimientos ni ataduras con los jóvenes. Sami tenía apenas 6 años cuando su madre soltera, adicta a la heroína habían permitido en la casa, a un hombre de unos treinta y cuatro años de edad, también adicto. Sami huía todas las noches de su casa por la ventana antes de que el reloj marcara las 9:00 de la noche para no tener que ser testigo de las asquerosas escenas de sexo violento forzado por aquel patán, quien su madre había presentado en casa con el sobrenombre de Janki, desconociendo por completo su verdadero nombre. Las calles de esa área de Georgia eran más monte que calles, y eran para Sami escuela y madre de todos los vicios. Ernesto y Camilo se encontraban una noche frente a un Wal-Mart para hacer un mercado simple de leche, pan tajado, jamón y queso, y otros cuantos alimentos prácticos que tenían que hacer rendir por semanas. Andaban como era costumbre en su peregrinaje de rescate según iban averiguando o intuyendo que algún alma necesitara su ayuda. Aquella noche ambos tenían ansias de descaso de profesionalismo y decidieron echar un asomo a sus tiempos de inconscientes exploradores de experiencias. Al frente del supermercado había una estación de gasolina, ellos andaban en lo que quedaba del carro que Ernesto había comprado cuando trabajaba por el sólo propósito de satisfacer sus antojos. En aquel mismo lugar se encontraban un grupo de niños de unos escasos nueve años de edad, pero de algunos tres o cuatro años de experiencias con drogas y vandalismo. Entonces los hombres determinados a echar al saco roto su misión de ayuda tan sólo por esa noche, llamaron al más alto de los muchachos para preguntarle sobre cómo podrían comprar marihuana en aquella área. Ernesto, quien fue quien hablo, tenía una ansia en la voz parecida a la de varios años atrás cuando buscaban entre los estudiantes quien les vendieran hierba para luego fumarla juntos bajo un árbol dentro del campo de la Universidad para así debatir más filosóficamente, con el alma y corazón, la ironía de muchos de los conceptos aprendidos en los salones de clases.

El niño más grande contaba con una mente astuta y le comunicó a su manada la oportunidad de conseguir algo de marihuana gratis para el grupo si trabajaban en equipo en la misión de conseguirle la hierba a quienes tenían aspecto de turistas ignorantes. Entonces el líder del grupo asignó posiciones en la misión. Uno de ellos ya tomaba riendas en el asunto haciendo una llamada desde el teléfono que pidió prestado a Camilo. Todos irían en busca de lo pedido, sólo necesitaban el dinero para realizar la compra y en muestra de honestidad ofrecieron dejar al más joven de la manada en forma de garantía. Así fue como Ernesto y Camilo conocieron a Sami aquella noche de inconciencia. Sami subió al carro tranquilo y esa misma noche contó la violencia que se vivía en su llamado hogar. En su vos o en el contenido de sus palabras era imposible detectar la mínima muestra de cariño hacia alguien o algo. El joven contó que asaltar a los más pequeños del pueblo era uno de los pasatiempos más populares, contó que él pertenecía al grupo de los chicos grandes porque ellos había decidido que él era muy ágil e inteligente y podrían ser uno de ellos siempre y cuando hiciera lo que ellos necesitasen; esa era la manera más segura de no ser asaltado también. Disfrutaban del consumo de alucinógenos y robaban en los supermercados. Ernesto y Camilo estaban completamente anonadados de ver la crueldad que podía vivir dentro de una mente tan joven, y agradecieron a la vida de que el destino lo hubiera llevado hasta ellos, y no al interior de cualquier otro auto que quizá para el tiempo que los otros regresaran, ya hubiese tenido suficiente tiempo para abusar y descuartizar al pequeño. Transcurrió una hora y media en la que tuvieron la oportunidad de hablar sobre muchas cosas, incluso hacia el final ya estaba casi al descubierto el talón de Aquiles de Sami. Sami tenía una hermanita de cinco años, quien sospechaba ser víctima de abusos sexuales por parte del tal Janky, pero no se atrevía a confirmar sus sospechas preguntándole directamente a la pequeña, pues su hermanita revelaba una hermosa inocencia al vivir que no le permitía interrogarla abiertamente sobre sus sospechas de abusos por parte de aquel repugnante sujeto que constantemente violaba a su madre. Cuando el grupo llegó e hicieron intercambio de bienes, Ernesto tomó unos instantes para sacudir por completo el episodio de su mente y encendió el carro sin ni siquiera mostrar interés en consumir la compra. Camilo, en cambio, intercambió un par de miradas de despedida con Sami, que fueron suficientes para desarrollar lazos de unión, pues estaba determinado a no perderlo de vista.

Transcurrieron tres días más y ya se acercaba la hora de continuar el camino hacia los estados del norte. Camilo despertó temprano en la mañana para recorrer todos los caminos que suponía que lo llevarían hasta Sami, durante esos tres días se había acostumbrado a seguirlo con la mirada y con extrañas corazonadas; por suerte y por cosas del destino los caminos acertaron en llevarlo hasta él. Sami estaba sentado al borde de la carretera al frente del Wal-Mart dibujando figuras con tiza sobre el pavimento en compañía de su hermanita. De pronto vio que una mujer se acercó por detrás y arrebató a la pequeña. La mujer era su madre quien seguramente acababa de bajar de otro de sus trances y necesitaba a la pequeña para desahogar la ira de vivir en desgracia. Camilo esperó a que la madre se marchara con la niña y se acercó a Sami para saludarlo y agradecerle el favor superficial e insustancial de hacía unos días atrás. Cada uno contaba con 3 dólares en sus bolsillos que juntaron para comprar un sándwich larguísimo que siempre venía muy bien cuando el caso era de mucha hambre y poca plata como en ese momento. Una vez más embarcaron jugosa conversación y Camilo prometió para sí, en secreto, ayudar a Sami en lo que más pudiera en forjar un mejor futuro para él, así él no cooperara cien por ciento del tiempo que habrían de pasar juntos, claro está, suponiendo que un mejor futuro aún existía en su libro del destino. El trabajo con Sami no era precisamente el más sencillo, pues desde el mismo día que lo conoció faltó a su condición de no encariñarse con él y en tan corto tiempo sentía un sentimiento más profundo que el de un colaborador social. Se trataba de una amistad basada en la imagen de lo que el uno podría ocupar en la vida del otro, para Sami el padre ausente que quizá cuya presencia hubiese sido el ingrediente mágico que cambiaría toda su vida de raíz, y para Camilo simplemente la esperanza, el amparo verdadero y duradero, que no llegaba a su fin con el veredicto de las cortes. Así que le propuso que partiera en aventura con ellos para ayudarles a acercarse a más jóvenes con su astucia, y el chico asintió con la condición de que algún día le ayudara a pelear la custodia de su hermanita.

Sami era un niño lleno de ira contra la sociedad y el mundo entero. La razón principal por la cual cometía todos sus delitos era la de no temer a nada ni a nadie. No existía en él un código moral para el bien o el mal, y si una de estas dos fuerzas debía de existir en el mundo, en su mente sería obviamente el mal, ya que demostraba ser fuente de astucia y sobrevivencia. Esa noche, Camilo y Ernesto entraron en debate acerca de sí su peregrinaje era válido o simple vanagloria sin resultados, Camilo casi termina por convencer a Ernesto de que era casi imposible el pretender sembrar bondad y ética en corazones de seres que por más que pidieran a gritos aprender a hacer el bien para llevarse como recompensa la felicidad, no contaban realmente con la semilla necesaria para aprender a amar sin pensar en odiar a alguien más, pues el mundo que los había acompañado por años, era matriz de resentimientos y miedos fortalecidos por corazas de venganza. Se sintieron inútiles al reconocer sus propias existencias tan distantes a las de ellos, pues así sus propios mundos tampoco fueran representación de un mundo utópico, habían aprendido que la vida de aquellos niños y la de Sami, se encontraban, sin duda, años luz de la paz. Sami tenía un corazón duro lleno de odio que sólo se ablandaba frente al nombre de su doncella de cuentos de hadas, Estefanía, su hermanita menor.

Para el equipo de dos novatos recién graduados, la visión de sus peregrinajes se fue expandiendo según sus pasos caminantes cruzaban misiones que existían y aclamaban por si solas. Con el tiempo se convirtieron en abogados indirectos de hombres con innatos talentos que sólo necesitaban un empujoncito, tal como un instrumento musical o la imitación de uno para manifestar su arte, un cuaderno para desatar la magia en palabras capaces de crear mundos sorprendentes que brindan realidades fascinantes al alma mediante el humilde uso de tinta y papel, un pequeño público aunque fuera de dos que escuchasen sus voces o respondieran a arrebatados movimientos con aplausos y gritos, o hasta una palmada en la espalda que les recordara que su existencia era de gran valor para el planeta, pero estos eran los casos fáciles, los que nunca troncaban sus caminos, por el contrario lo animaban. Cada regreso a Nueva York era tiempo para compartir historias recopiladas en el camino, tocar puertas, y era el tiempo de emprender en el negocio de formar un pequeño banco de oportunidades que tenía por inversionistas a todo aquel que pudiera unirse de corazón a la causa de ayudar, ya fuera siendo escuela para tal o cual talento con anhelo de desarrollo, o hasta siendo fuente de empleo en algunos casos. Los más pequeños tenían más oportunidades de crecer para convertirse algún día en las personas que por fortuna se entrenaran a ser desde temprana edad, en vez de tener que improvisar más tarde, en ser lo que nunca fueron. Durante la segunda etapa de la terapia los jóvenes escribían una lista con todo aquello que odiaban, para ayudarlos a emprender el camino de perdón. Este segundo paso era el más difícil para Sami, pues se negaba a considerar perdón hacia quien fuese que fuese el irresponsable de su padre, la degenerada de su madre, y el mequetrefe asqueroso de Janki, sobre todo si se llegara el día de comprobar sus sospechas de que fuese autor de dolor en quien representaba el único trocito de amor en su vida.

Una tarde la explosión de su odio fue inevitable. Sami fue a visitar su retazo de familia para poner en práctica la terapia de perdón cuando se encontró con la horrible sorpresa de ver a su hermanita menor de ahora siete años, arrodillada frente al televisor, mirando su propio reflejo en la pantalla apagada, sin ninguna expresión en el rostro.

-¡Hermanita! ¿Por qué estás allí tirada?!

La niña no musitó sonido alguno.

-¡Hermanita! ¿Me escuchas? ¿Dónde está mamá? –Sami repitió una y otra vez en un tono que ascendía en angustia.

La niña se mantuvo en silencio.

En ese momento Sami volteó la cabeza hacia el mostrador de la cocina y vio un reguero de sangre sobre el piso. Inmediatamente, antes de indagar sobre cualquiera que fuese la respuesta de aquel terrible cuadro, cogió a su hermanita fuertemente, la levantó sujetándola por la espalda y sintió miedo a reconocer que la mirada de la niña permanecía perdida a la distancia de otros sistemas solares. Sami no quiso entrar nunca más a esa casa donde creció, ni ser testigo de lo que evidentemente era la muerte de su madre. Estefanía enmudeció por siete días completos, sin ninguna exigencia por parte de Sami de que diera explicaciones de lo ocurrido. Al octavo día, exactamente a las 7:30 de la mañana, al despertar de un sueño acogido por el abrazo de su hermano en la pequeña cama que le asignaron en el instituto, la niña comenzó a jugar con el cabello de Sami mientras él aún dormía gracias a la poca paz que había logrado conquistar e instalar en su mente y corazón. Empezó a acariciar la cabeza de su hermano, haciendo rollitos de cabello como si fuesen resortes, alargándolos y volviéndolos a enredar en sus dedos, cuando sus labios recobraron el movimiento de días atrás y al ritmo de las olas en un mar apacible, dejaron brotar en el silencio, la cadena de razones, palabra por palabra, golpe por golpe, cómo aquel tipo de falso nombre había llegado borracho y lanzó sus garras animalescas sobre sus pequeños muslos tímidos. Contó que esa no era la primera vez que Janki trataba de sobrepasarse con ella, pero sí fue la primera vez que su madre lo había visto. Hasta minutos antes de su muerte, se pudiera haber calificado como una mala madre sin corazón, pero el rendir su vida a una serie de golpes contra la pared, una fractura en el brazo contra el muro de la cocina, y el ser ahorcada por las propias manos de su amante, se podía considerar como una mujer valiente aunque éste fuera el único acto de valentía y amor que demostró en muchos años.

Los niños jamás contemplaron la idea de vengarse de aquel hombre. Ni siquiera investigaron jamás su paradero, pero aquel episodio sí llego a ser la bala ardiente que incendió el corazón de Sami en su mayor furia contra el mundo. El comprobar sus sospechas de años e imaginar a su hermanita padeciendo sucias violaciones, era sin duda la flecha enterrada en su talón de Aquiles. Sami se desató en una serie de actos de vandalismo inconsciente y de inmensurables alcances. Recorrió sus pasos hacia sus antiguos amigos de barrio, quienes ya se acostumbraban a fastidiar su recuerdo con apodos que criticaban sus estúpidas e inentendibles intensiones de cambio. Al principio, todos sus antiguos amigos dudaron de sus intenciones de regreso pues nunca entendieron el porqué de su partida y resultaba mucho más fácil aprovechar el tiempo insultándolo de ser un *marica* por haber elegido la posibilidad de una vida mejor junto a un par de viejos, seguramente *maricas* también. Sami regresó a la pandilla con más fuerza que nunca. Su mente se activó audaz en diseñar y ejecutar robos a mano armada a la salida de supermercados y demás establecimientos. Los esfuerzos de Camilo por recuperar y resanar el corazón herido de Sami empezaron a fallar por completo. Ernesto se convenció más fácilmente de rendirse ante la recuperación del niño, pues si en algo estaba de acuerdo con su colega con respecto a Sami, era que era el joven más audaz que habían conocido en toda la misión y que contaba con impulsos pasionales irrompibles, los cuales lo movían ahora más que nunca. Ernesto intentó convencer a su amigo a que desistiera también, con la excusa de darle tiempo al muchacho de que recapacitara por sí solo, si es que el altísimo de los cielos aun tenía oportunidades para él. Era muy poco lo que lo podían defender en las cortes, ya que regresó para convertirse en líder y autor de robos y heridos, lejos de ser un punto positivo en la hoja de vida de la organización "Niños de Paz", Sami se convertía en el objetivo número uno del juez. Para ese entonces y desde notable tiempo atrás, Camilo fue culpable de faltar a la única y principal condición de su oficio y se había encariñado perdidamente de su paciente. Una tarde a las 3:15 pm, Camilo recibió la llamada de su amigo policía, el oficial Juan Sabina, quien le comunicó que Sami estaba en ese preciso momento rodeado por un montón de patrullas de la policía en el parqueadero del supermercado Wal-Mart por haber acuchillado a un pobre hombre de unos cuarenta años, mientras este se apresuraba a meter al interior de un auto a una niña de aproximadamente unos ocho años de edad. Ese era el último crimen que la policía estaba dispuesta a soportar, pues casos de violencia semejante contra un padre al frente de su hija, sembraría sed de venganza en los corazones de los pequeños, cultivando aún más, una sociedad podrida en violencia imposible de controlar. Camilo colgó el teléfono y salió corriendo hacia la escena del crimen. Al llegar, ya eran nueve las patrullas policiales que rodeaban al niño mientras éste se mantenía firme, con pies plantados como troncos de un majestuoso árbol viejo sin ninguna muestra de temblor a pesar de sus delgados músculos. Mantenía los brazos elevados por encima de su cabeza como quien acaba de concluir un acto de gran logro, sin pronunciar ni gemir nada a su favor, cubriendo con su cuerpo el carro donde estaba encerrada la pequeña, ahogada en llanto justo atrás de su espalda, carente de fuerzas, valentía y entendimiento para intentar liberarse de su prisión. Esta vez todas las armas apuntaban a Sami. El corazón de Camilo se aceleraba con cada paso y los pasos parecían no avanzar en su afán de llegar a tiempo para postrar su cuerpo delante del el cuerpo del muchacho y dramáticamente forzar a las autoridades entrar en razón. La vida de Sami dependía del escaso aire compreso dentro de los estrechos pulmones enfurecidos de los muchos policías ya cansados de ser burlados por un joven al que siempre la Virgen salvaba de pudrirse en la cárcel o de ser atravesado por una bala. La ira individual de cada policía ascendía con cada segundo, hasta que de pronto el estruendo de una pistola congeló los pensamientos y duplicó el miedo. En la pupila de los espectadores se alcanzó a dibujar la imagen de una bala que viajó directamente hacia el centro del pecho de Sami y se vio su cuerpo caer con un sonido seco sobre el pavimento. El carro ahora a la vista de todos parecía mecerse debido a la fuerza con que pataleaba la pequeña en el interior. Camilo lanzó un gemido al viento justo cuando la bala atravesó el cuerpo de su cómplice en el amor, Sami dedicó su última mirada a Camilo como justo gesto de agradecimiento y correspondencia ante tanta devoción. La niña agachó la cabeza mientras con sus diminutas manos sujetaba el restante de vida con la última gota de fuerzas que le quedaba a su naturaleza. El cuerpo de Camilo se desboronó agonizante sobre el cuerpo de su amigo Sami, y su corazón explotó en trillones de pedazos al repasar en su mente el haber acabado de reconocer esas pequeñas manos blancas que dejaron las huellas de yemas de dedos derretidos que bajaban por el vidrio de la ventana, aquellas manos imperfectas y angustiadas que temblaban dentro del aquel auto que era su prisión, pues sólo para él era evidente que las manos pertenecían a una pequeña hermosísima llamada Estefanía, y el cuerpo de quien asumían ser su padre, no era más que el de un criminal cuyo nombre nunca conocerían, pero quien un día la madre de ambos había llevado a la casa presentándolo con el nombre de Janki.

Camilo murió en vida después de la muerte de Sami. Abandonó enceguecido su misión y decidió regresar a casa. El 3 de julio, bajo una candente tarde de verano, después de un largo y agobiante viaje en un tractor de carga que paró en el camino, Camilo llegó a Nueva York solo y derrotado porque las razones no parecieron lo suficientemente válidas para derrotar a Ernesto también. Lo acompañaba una batalla interior que debatía entre la cobardía de haberse rendido y la valentía de ser tan honesto consigo mismo hasta el punto de despreciar la vida si ésta insistía tanto en un mundo donde la gente muere y sigue muriendo. La única persona que deseaba ver para contárselo todo, con el rostro empapado en llanto y con frases ahogadas en los agujero negros de su garganta, era a su eterna novia Tatiana. Ella lo había acompañado y enseñado a conocerse a sí mismo. Estaban juntos desde que iniciaron sus carreras universitarias, y quizá como creían, desde hacía mucho tiempo atrás en dimensiones invisibles.

Técnicamente seguían siendo novios, pues entre las muchas charlas propuestas antes de su partida, nunca discutieron la opción de terminar. Él simplemente partió y ella se quedó dentro de meses congelados en el tiempo, intermitentes, sujetos a sus cortas visitas. Así había transcurrido año y cuatros meses en los cuales los dos conservaron intactos sus aspectos y el cariño cultivado con tanto esmero y en tantos rincones de la universidad, para repasarlo en carisias cada vez que él regresaba con el ajetreo de un proyecto que iba creciendo más y más, pero durante los días de sus regreso en Nueva York no podía dedicárselo únicamente a ella, pues estaba el propósito de su viaje a favor del Instituto y las muchas tareas compartidas en almuerzos con su colega Inés, y ella así lo entendía y respetaba. Fue únicamente en éste, su viaje final, en el que Tatiana mostraba un cambio poco notorio en su físico pero muy acentuado en su estado de salud, que entre otras cosas, Camilo siempre ignoró pues ella prefirió no molestarlo con esas bobadas. Había en ella algunas libras de más, que formaban un pequeño bulto en su estómago antes plano, pero todavía armónico a sus delicadas curvas.

Tatiana era una mujer de aspectos delicados, magníficamente femenina. Sus ojos y su sonrisa inspiran ternura y su piel tersa deslumbra un aspecto casi angelical. Sus días consistían en mil actividades, entre ellos un servicio comunitario en un ancianato de viejos con alzhéimer, clases en una escuela de primaria y un programa extracurricular de botánica para invitar a la niñez a salvar el planeta. La música era su pasión y su acompañante nocturna. En la noche se arrullaba a la suave luz de una lamparita mientras pintaba paisajes y formas no exactamente profesionales pero cargadísimas de pasión. Con tantas actividades en sus días, a la pobre no le quedaba tiempo para preocuparse de su propia salud, la cual empezaba a lanzar amenazas de deficiencia en su sistema nervioso, hasta llevarla a ser víctima de una serie de incontrolables e inoportunos ataques de ansiedad en ausencia de su supuesto protector por promesa de amor, Camilo. Todos a su alrededor ignoraban su condición, pues ni para la misma Tatiana los ataques tenían la suficiente gravedad como para buscar ayuda. Los únicos testigos de cómo flaqueaba su salud, eran las improvisadas personas del camino a quienes les tocaba asumir el papel de héroes y hasta acompañarla a casa en varias ocasiones.

Una tarde después de la clase de botánica con los niños, iba rumbo a su apartamento cuando sintió un bajón de energía en las piernas y brazos mientras esperaba el tren. La invadió el miedo y fue a pedir ayuda a un policía que estaba en una cabina situada al final de la plataforma, pero antes, un hombre se interpuso en su camino al notar sus pasos tambaleantes y mirar desorientado.

-¿Está bien señorita?

-Señor ayúdeme por favor... -dijo con un último esfuerzo.

El hombre la cogió de la mano y se dio cuenta de que el cuerpo de Tatiana estaba a punto de desplomarse.

-¿Para dónde va niña?

-Necesito ir hasta la última estación, pero tengo mucho miedo -ya no era sólo difícil hablar sino también enfocar la vista. Su cuerpo temblaba.

El hombre la acompañó hasta donde estaba el policía y la encomendó al oficial mientras él iba por una botella de agua para ella.

-Tengo que ir a la última estación -insistió Tatiana entre sollozos- pero me siento muy débil y tengo miedo de continuar sola.

-¿Tiene dinero para un taxi? ¿Sabe cuánto cuesta una carrera hasta allá? -respondió el hombre lleno de frialdad.

-No señor…

-¿Entonces qué piensa hacer señorita?

La mente de Tatiana carecía de ideas y el esfuerzo de pensar en una, implicaría malgastar las pocas energías que le quedaban. Su primer esfuerzo por pedir ayuda demostró ser todo un fracaso. Quiso entonces que apareciera aquel hombre que le había ofrecido un agua pero no lograba reconocer ningún rostro a su alrededor. Enseguida, escuchó el tren que se aproximaba a la estación e intentó recuperar fuerzas para continuar su trayecto a casa sola como era costumbre. No había ningún asiento disponible. Su cabeza casi parecía estallar, como si dos planchas magnéticas presionaran sobre cada costado impidiendo inhalar oxígeno nuevo y respirar. En medio de la neblina de su visibilidad alcanzó a ver una joven que jugaba a pasar un celular de una mano a otra. Tatiana alargó su mano hacia la chica y le pidió que le permitiese hacer una llamada, pero ésta se negó a su favor. Igual hubiera sido en vano porque el único número que tenía en mente era el de Camilo, quien estaba a anónimos kilómetros de distancia.

-¡No tengo señal! -había sido la respuesta de la chica.

Tatiana agachó la cabeza contra la pared del tren mientras retenía la poca fortaleza que le restaba para que ésta no se le escapara por los poros de su piel. Pero ya era demasiado tarde y su cuerpo empezó a convulsionar. La gente en el tren ya entraba en temor. Un hombre se acercó para facilitarle un teléfono celular pero sus ojos ya no lograban enfocar a nadie.

-¡No veo señor! ¡Me voy a morir!

-¡Dígame un número! ¿Lo recuerda? ¡Sólo dígamelo! -el hombre intentaba controlar la voz para no gritar.

Tatiana se lanzó confiada con brazos abiertos hacia aquel hombre que ni siquiera lograba enfocar.

-¡Gracias señor! ¡Sólo gracias! Siento que me voy a morir.

Todos los pasajeros empezaron a gritar, nadie sabía exactamente qué hacer más que algarabía para anunciar a los cuatro vientos que alguien necesitaba ayuda urgente. El cuerpo de Tatiana rebotaba cien veces por segundo y su voz ya descontrolada gritaba que se estaba muriendo, pues aunque no conocía los padecimientos de la muerte, era lo más parecido que jamás había experimentado. Una mujer se paró junto al único hombre que se preocupó por ayudar a Tatiana y juntos ordenaron al conductor detener el trayecto. Unas cuantas personas elevaban plegarias al cielo, mientras otras desalmadas maldecían aquella debilucha inoportuna que los iba hacer llegar tarde a sus destinos.

-No te preocupes niña. No te dejaremos sola -dijo la mujer de piel oscura en su voz instintivamente maternal.

-¡Que Dios los bendiga a los dos! -Tatiana sintió la compañía de ángeles en su camino.

-Vas a estar bien. Ya llega la ambulancia.

-¡No! No por favor. Yo sólo quiero ir a casa.

La petición de Tatiana por ir a casa sonaba como un ruego al que no se podían negar. La pareja de ángeles guardianes anunciaron que continuarían el trayecto del tren, desafiando la crítica de los escépticos que tachaban la escena como un teatro inmaduro.

-¿A dónde te llevamos? —preguntó el hombre

-No quiero molestarlos más. Deben de estar cansados.- Tatiana ya recuperaba la paz en la voz y en su sistema nervioso.

-¡Calla! -dijo la mujer- Eso fue un ataque de ansiedad. Sé exactamente lo que sientes, y un día un hombre me auxilió y me llevó sana a casa, ahora me corresponde a mí. La vida siempre nos da la oportunidad de devolver lo que nos da.

El hombre aguardaba paciente, y en el silencio ellas lo podían percibir respirando amor.

-Tengo un amigo que me puede recoger. Sólo necesito ir a la última estación.

El hombre extendió el teléfono hacia Tatiana. Ella jugó con la posición de los números en el teclado hasta recordar el número de su compañero de trabajo.

-¡Aló!

-Hola joven, su amiga Tatiana se sentía muy mal y dos personas la estamos acompañando. Ella dice que usted la puede recoger en la última estación.

-Sí, Claro. Salgo de inmediato. Se lo agradezco con el corazón -dijo el chico sin hacer más preguntas

Se encontraron en la estación acordada y al verla, Raúl Benítez, su compañero de trabajo no podía creer lo que veían sus ojos. El hombre tenía cargada a Tatiana como a una bebe. El cuerpo de ella estaba totalmente desplomado en los brazos de aquel desconocido, mientras una mujer a su lado, piloteaba el camino. Raúl, quien había aprendido a amar a Tatiana en secreto al igual que Inés a Camilo, sintió culpabilidad por no haber estado junto a ella justo a tiempo y pensó lo doloroso que sería perderla. Al llegar, la recibió como quien recibe un encargo preciado del cielo y la llevó a su casa.

Tatiana tenía una gran fortaleza pero también una gran debilidad a causa de haber nacido del lado de los fanáticos del amor. Sin embargo, su historia con Camilo estaba muy lejos de sus sospechas de desilusión pues no dudaba ni por un segundo de sus mutuos sentimientos y a pesar de extrañarlo, imponía una especie de pausa al corazón para no permitirse pensar en el día a día sino en el día de su regreso.

UN AMOR A PRUEBA

Su corazón empezaba a intuir el siempre esperado regreso de Camilo y eso la ponía algo inquieta, hasta Raúl lo intuía, pues ella siempre quería lucir perfecta pero ya no había tiempo para bajar las cuantas libritas que subió tras la melancolía posterior a aquel incidente en el tren. Raúl se delegó su protector tal como siempre lo había anhelado sin que nadie se lo debatiera, pues cada vez que Tatiana se quejaba en lo más mínimo de que no le gustaba depender de nadie y le recordaba que no era su obligación tantos cuidados, él lograba esquivar todo comentario como si lo que hubiera salido de su boca no fuera más que delirios, bromas, modestia inútil, y le daba firme repuestas por las cuales era y sería siempre un honor ayudarla. Fueron víctimas del fenómeno que hace volar el tiempo cada vez más rápido, y el pasar del tiempo hizo parecer todas las atenciones indispensables para su total recuperación, así que una vez la vio instalada en su casa no le volvió a dar de alta hasta el día en que Tatiana recibió la llamada de Camilo que confirmaba su corazonada, pues estaba de regreso. Y como era costumbre, Camilo supo confesar en palabras mágicas las ganas insaciables que tenía de ya sostenerla en sus brazos, que ya estaba de vuelta en la cuidad y que esa misma tarde estaría al frente de su puerta para volver a robarle al cielo los raticos de felicidad parecidos a la eternidad que le otorgaba el sólo hecho de ver su rostro y hundirse en su ojos de ángel.

Finalmente, a las 4:15pm, estaba parado frente al umbral de la puerta de su amada. Al verlo, su corazón enamorado brincó como un resorte, lanzó brazos y sonrisas nerviosas y agradecidas, y después de un largo beso y un te quiero, el cuerpo de Tatiana se desplomó repentinamente revelando por primera vez su debilidad frente a su novio largamente ausente. A Tatiana se le habían agotado las energías pero él aun contaba con algunas reservas para subministrar por dos, su amor por ella fue inmenso. Se arrodilló junto a su novia y la besó sin fin. Se puso de pie, trajo un vaso de agua, se volvió a inclinar junto a ella y tiernamente le susurró en el oído: "Amor ya estoy contigo. Gracias por existir". Luego mojó las yemas de sus dedos y dedicó largos minutos a delinear las facciones perfectas del rostro de su novia. Recorrió el camino cursivo de sus cejas gruesas hasta desembocar en donde nacía su fina nariz de doncella, en el transcurso de dibujar sus facciones dejó sus dedos suspendidos en el aire por unos segundos, hasta caer en el reposo de sus labios rojos, y al caer, sus dedos balancean de esquina a esquina para humectar con agua aquellos labios que tanto había besado, invitándola a volver a la vida, mientras el ritual que él mismo había inventado lo hundía en un trance de amor por ella. Al cabo de unos minutos, Tatiana abrió sus ojos azules transparentes dejando al desnudo la pureza de sus sueños líquidos. Juntos se dirigieron hacia el sofá sin indagar ni calcular el rumbo de lo que habría de pasar. Dibujaron miles de "te quieros" con la energía que emanaba de sus manos. Las palabras estaban de más cuando se contaba con un millón de miradas, sonrisas y caricias. Batieron chocolate, lo bebieron como manjar, compartieron historias cortas, y se amaron dos veces hasta el amanecer.

Con tantas actividades en sus días era natural sentirse agotada pero nunca lo suficiente como para renunciar a lo que le gustaba hacer. Era casi absurdo pensar que Camilo la debilitaba pero algo muy similar parecía sucederle. Llegaron los amaneceres siguientes sorprendiendo a los enamorados arrunchados bajo las cobijas, entrelazados en capaz de piel y con cero intensiones de emprender el día en el exterior de aquel nido de amor. Camilo no tenía ningún afán, por el contrario, andaba huyendo de su propia existencia, pero a Tatiana ya le empezaba a montar cacería su fiel compañero Raúl Benítez. Desde el reencuentro las horas habían transcurrido tan rápido que hasta habían perdido noción de los horarios de comida, hasta que el dolor del hambre los atacó, así que tomaron fuerzas para suspender las caricias y vestirse de harapos e ir a comprar algo sencillo de preparar con el poco efectivo que Tatiana cargaba en los bolsillos. Camino a la tienda, vieron a un joven tambaleándose en la mitad de la calle. El hombre llevaba unos pantalones rojos demasiado grandes para su tamaño, un par de tenis blancos ya rotos y un saco azul de mangas largas que le llegaba hasta las rodillas. Tenía un ojo inyectado de sangre y con el otro parecía rastrear cada paso de la pareja. El hombre arrastraba un equipaje de viaje y aunque no se le notaba maldad, si infundía cierto temor. Tatiana apretó la mano de su amado y fue mayor su temor al detectar en su interior un sentimiento de dependencia que le anunciaba que ya no soportaría que Camilo se volviera a alejar.

Al llegar a la casa se repartieron la preparación de los alimentos. La cena era bastante sencilla y hasta un poco desabrida. Prepararon frijoles enlatados, deditos de pollo precocidos que calentaron en el microondas y huevos revueltos para curar el hambre del día siguiente también. Jugaron a darse la comida haciendo el avioncito como acostumbraban a hacerlo en los primeros días de noviazgo. Al terminar de comer, Tatiana volvió a recaer en un desmayo. Era evidente que no se trataba de la emoción del reencuentro, tendrían que acudir a un médico.

A la mañana siguiente caminaron al consultorio médico más cercano. Tatiana llenó la planilla con sus datos personales y esperaron su turno agarrados de la mano.

-Tatiana Vasquez.

-¡Sí!

-¡Pase!

Tatiana entró al consultorio con sus manos sudorosas y su corazón palpitante a la velocidad de un río corrientoso, se sentía vulnerable ante el riesgo de recibir la noticia de una posible enfermedad justo en el momento que sentía recuperar la pieza que le faltaba a su rompecabezas de felicidad.

-¿Cómo se siente?

-Dr... -Tatiana relató detalle a detalle los eventos que la atacaron en los últimos días.

-Bueno. Haremos un examen general, exámenes de sangre, orina y demás. ¿Cuándo fue su último periodo?

Tatiana tuvo dificulta al intentar hacer una recopilación mental de su ciclo menstrual. De hecho, eran tantas las actividades en su agenda que se olvidaba hasta de el hecho de ser mujer. Tenía la mente en blanco.

Después de unos cuantos exámenes de rutina salió a la sala de espera junto a su novio. Camilo hojeaba revistas mientras ella observaba fijamente la luz fluorescente del consultorio hasta escuchar de nuevo su nombre por el interruptor.

-Dígame niña. ¿Ese muchacho es su novio?

-Sí, doctor. —dijo algo sorprendida.

-Siéntese -el doctor señaló una pequeña silla frente a su escritorio.

-Me está poniendo nerviosa.

-Felicidades. Van a tener un hijo -dijo finalmente.

La noticia era inesperada pero Tatiana tuvo la capacidad de construir un globo de emoción alrededor de sí misma en el que no cabía ingrediente de lógica. Nunca contempló la idea de tener un bebe pero la noticia activó una alegría automática, natural del corazón libre. Se llenó de valor, seguridad y un extraño instinto maternal.

-¡Gracias! ¡Gracias! ¡Gracias! -fueron las únicas palabras que salieron de su boca sin especificar si eran para el doctor, para Camilo, o para Dios.

Arrebató el sobre de los resultados de las manos del doctor y salió del consultorio sin ser despachada. Le pasó a la recepcionista un billete como pago de sus servicios y se acercó a Camilo feliz, envuelta en su globito de emoción. El doctor observó placentero la secuencia de reacciones de la muchacha e hizo gestos a su secretaria de no insistir en un protocolo de despacho. Salieron del consultorio y a tan sólo unos pasos de camino, lanzó la noticia sin ninguna precaución.

-¡Voy a ser mamá! ¡Y tú papá!

-¿Qué? -dijo Camilo más inarmónico de lo esperado.

-Sí. ¡Es sen-ci-lla-men-te maravilloso!

-No. No lo es -dijo Camilo en un grito seco, pero su "no" no penetró el globo que envolvía a Tatiana en aquel mar de felicidad, pues para entonces había acelerado tanto el paso que toda reacción negativa pasó por desapercibida.

-¡Tati espera!

-Pero Tatiana ya cruzaba la calle sin mirar hacia atrás.

La nueva mamá aceleró su andar a un ritmo que hacía imposible mantenerla a la vista en el callejón. La emoción de la noticia se le incrustó en las venas como una inyección de adrenalina que le renovaba la vida. Camilo hizo los primeros esfuerzos por perseguirla pero sus pasos eran obstruidos constantemente por pequeños detalles como si el universo mismo le estuviese dando el comando de huir de aquella situación. Entonces, habiendo perdido por completo a Tatiana de vista y sin recibir ninguna otra señal palpable del universo que le indicase luchar, obedeció a su cobardía y caminó calles opuestas a todas las que lo conducían junto a quien supuestamente amaba sobre todas las cosas.

Tatiana permaneció atrapada en su globito de emoción por varios días. Después de salir de la clínica caminó hasta el otro lado de la cuidad, hasta llegar al apartamento de su único hermano con quien había perdido total contacto en los últimos meses, pues durante su relación con Camilo, era él su única familia, y el tiempo que no estuvo cerca fue lleno de innumerables actividades que ella había adoptado en el esfuerzo de dar contento a su corazón y congelar el tiempo. Había caído en el gran error común de desprenderse de la verdadera familia. Pero todos sus momentos de crisis siempre la llevaban a la misma conclusión de que no había ser más sagrado en todo su existir que su hermano menor. Él era el único ser capaz de recordar junto a ella cada etapa de sus vidas desde la infancia y lo haría hasta el final de los días. Era el día de regresar, aunque no hubieran tenido la mejor de las relaciones creciendo a causa de las lagunas que separaban sus personalidades por el hecho de haber sido forzados a ver los primeros años de sus vidas desde diferentes ángulos y a la altura de otras montañas. Santiago era y siempre sería su hermano, y ella admiraba su manera romántica y existencial de vivir y sentir la vida, además estaba segura que compartiría su alegría.

-¡Hermano! ¡Soy yo Cleopatra. Ábreme la puerta! -dijo por el interruptor burlándose del ultimo apodo que él se atrevió a darle.

-Jajajaja. ¡Hermanita! -respondió a carcajadas

-¡Traigo una súper noticia!

-¡Oh Dios! -exclamó Santiago al recordar la manera espontánea de ser de Tatiana.

Sonó el interruptor. Tatiana empujó la puerta para entrar y subió corriendo a pasos de elefante al reencuentro de su amado hermano.

-¡La Gran Cleopatra! -exclamó

Los dos se soltaron en carcajadas y se entrelazaron en el más fuerte abrazo de sus vidas.

-¡Hermanito! Quiero conversar tomando café como lo hacíamos con mamá. Estoy tan emocionada que ni siquiera esperaré que esté listo, no me aguanto, te quiero contar.

-¡Por Dios! ¿Qué traes?

¡Ya sé! Regresó Camilo y por fin vas a trabajar con él enseñándole a los niños.

-¡Casi!

-¡Estupendo! Tati, yo les quiero colaborar. Estaba pensando en llamarte, han pasado tantas cosas en mi vida.

-Espera Santi. Esa no es exactamente la noticia. Camilo si regresó y hoy nos dieron la noticia de que vamos a tener un bebé.

-¡Tati, esa sí que es una gran noticia! ¿Hace cuánto regresó?

-Ocurrió en su última visita. Tengo exactamente cinco meses de embarazo aunque casi no se me nota. Mira tú los resultados.

-¿Y donde esta él hermanita?

-¡No sé! Corrí emocionada a contarte. Me imagino que está un poco perturbado, es que llegó tan sólo hace un par de días. No creo que se esperaba algo semejante, y yo tampoco, pero no sabes lo feliz que me siento.

-Hermanita, estoy muy feliz por ti, tu felicidad siempre es mía también.

La tarde transcurría veloz mientras Tatiana y Santiago recordaban entre risas y lágrimas la historia de sus infancias y los días en casa con su madre amada. Ahora cada uno de ellos estaba convencido que el rostro de la persona que tenían al frente era el rostro que los acompañaría durante todas las etapas de la vida sin importar las distancias. En el repaso de sus vidas veían una película en el que ambos eran testigos silencios de sus rebeldías, y hasta abogados defensores del otro contra los castigos de sus padres que al final siempre se rendían en abrazos y te quieros, y después les hacían prometer que siempre permanecerían juntos en sus nombres y en el de Dios, y les recordaban que ellos eran los niños más lindos del mundo. En tiempos fueron amigos y en otros casi enemigos pero hoy podían concluir que su relación de hermanos era bendecida por la mano de Dios. Recordaron baladas que escuchaban de sus padres sentados en la silla mecedora en las horas de la tarde tomando café, mientras su madre cantaba canciones viejas en recuerdo del padre de ella en señal de ya sentirse cansada y un poco vieja. Realmente sólo se tenían el uno al otro como herederos de los recuerdos familiares y apellidos, y ahora diosito les estaba regalando un pequeño angelito para decorar el hogar. Tatiana grabó un beso sincero sobre las manos de su hermano y se las llevó al corazón para agradecerle la fortuna de tenerlo como hermano y que compartiera su alegría. Se puso en pie y con voz firme juró sólo dedicar sus días de allí en adelante a amar a su criaturita por encima de todas las cosas sin importar los problemas. Ya su amor de madre era del tamaño de un dinosaurio.

A la mañana siguiente todo tendría que seguir su curso normal. Tatiana se levantó muy temprano y se bañó con un menjurje de flores que aromatizaron toda la casa. Una vez al mes le gustaba recordar uno de los millones de rituales raros aprendidos a lo largo de su vida y los cuales practicaba más a menudo durante la adolescencia. Desde muy chica se había dedicado a visitar con su hermano, casi sin dinero en los bolsillos, muchos de los países de Sur América y subían las montañas de los indios que se dedicaban a preservar la forma natural de vivir conectada con los elementales de la naturaleza, para aprender de ellos. Después del baño se preparó un jugo de frambuesas con yute para prevenir los malestares y deformidades en el embarazo, y tarareando una canción cruzó la puerta vigorosa.

-¡Tati espera!

-¡Dime! -respondió desde el umbral de la puerta.

-Vienes hoy. ¿Verdad? Quiero tener la dicha de acariciar todos los días tu estomaguito. Que ahora que lo pienso, ya se te empieza a notar –dijo con su voz siempre gentil.

-No me podría negar -respondió sonriente.

Santiago se empezaba a preocupar sobre el paradero y la actitud que ya sospechaba de Camilo. Nunca antes había dudado de la integridad de caballería con la que siempre trato a su hermana mayor, aunque lo culpaba de cada vez que ella se sintió tan absorbida en la relación que no le importó olvidar a él, su única familia, y una correcta alimentación. Pero los acontecimientos del día anterior le parecían muy extraños y no encontraba otra respuesta más que la sospecha de que Camilo la hubiera abandonado por el embarazo. En todo caso, sabía que Tatiana nunca le perdonaría si intentara irrumpir en algún asunto personal.

-¡Chao! ¡Te amo! -contestó al fin.

Tatiana salió con pinta de gitana compuesta por sus antiguas prendas olvidadas en el apartamento de su hermano en la época que amanecía donde le cogiera la noche. Ya era lunes de la semana siguiente a la última vez que la vieron en su trabajo y en la universidad, y tan pronto iba llegando a todos sus paraderos iba soltando sin anestesia a amigos y no tan amigos la grata noticia de que iba a ser mama. Más tarde compartió su felicidad con los pequeños del programa de botánica y para el resto del mundo la noticia brotaba por los poros de su piel, en el brillo de sus ojos y la delicadeza de su sonrisa, ahora maternal.

Camilo la esperaba a la salida de la escuela después del curso de botánica. Él sabía que ésta era la última de sus actividades fuera de casa. Sus intenciones no eran falsas, pues Tatiana era el amor de su vida, sólo que sentía que su amor no necesitaba más añadiduras para ser plenamente real. Él bebe que venía en camino sería una de esas añadiduras y además muy inoportuna considerando las razones por las cuales había regresado. Quizá sólo fuese necesaria una detallada explicación de todo lo recién vivido con Sami para que ella como siempre lo entendiera y lo apoyara. El regresar traía consigo una etapa de total desolación, de otra manera hubiera seguido luchando. Era el momento menos propicio para estar a cargo de la vida de un recién nacido pues se consideraba a si mismo ser un fracasado en la labor de cuidar y salvar vidas.

Los ojos de Tatiana se transformaron en mar de alegría al ver su amado a la distancia. Perdió la noción del tiempo a partir del instante que el doctor le anunció su embarazo y se creyó la falsa idea de que ella era quien había sido la egoísta al reservar el festejo de la noticia para sí, sin compartirla con él, cuando se encerró en un globito de amor a su alrededor en el que no penetraban sonidos ni impresiones. Estaba convencida de tal egoísmo que ignoró por completo la reacción de Camilo en la tarde anterior, su alegría o su disgusto, pues en su mente, conciencia y corazón, los hijos son la bendición más grande de Dios al amor entre un hombre y una mujer. Se entregó en brazos desmesurados a él, su siempre príncipe azul que la esperaba a la salida del trabajo. Llenó de besos su rostro pues era sencillamente feliz, sin faltarle absolutamente nada. El tiempo de su lejanía no era más que un lapso de tiempo en paréntesis, y su unión era la cosecha de tantos años de siembra. La pareja terminó de abrazarse y besarse y emprendieron una caminata sin rumbo…la misma que se habían acostumbrado a recorrer y por la cual seguirían caminando mientras vivieran dormidos.

-¡Tati, escúchame, por favor!

-Dime amor -dijo con suave voz

-No estamos listos para tener ese bebé.

-¿Qué? ¡No puedes estar hablando enserio! Nos ha sucedió lo más bello que le puede suceder al amor.

-Sí. Pero el amor no es suficiente para considerar que se está listo para formar un hogar con hijos y todo sólo porque sentimos y dijimos millones de "te quieros" y "hasta te amos" por años consecutivos y ya. Primero requiere cimientos firmes y nosotros apenas nos estamos reencontrando, ¿acaso no lo ves? ¡Dime que estoy equivocado!

-¡Pues sí! Estoy en total desacuerdo con el insignificante concepto de noviazgo juvenil con el que calificas nuestra relación. Tú has sido la luz de mis días y hoy tenemos la oportunidad de multiplicar nuestro amor. No veo cómo lo puedes ver de otra manera y tan negativamente. ¿Acaso se te congeló el corazón? Fue ridículo pensar que el tiempo había pasado en vano para ti y para mí, mientras cambiaba tanto la vida de los demás. Fui tan ilusa en pensar que me amarías toda la vida y sin medidas. O cómo pudieras decirme ahora que me amas cuando no le das la bienvenida a los bellos cambios que nos trac la vida.

-Amor por favor, sabes que te amo y en todos los tiempos, pero no me pidas que acepte un error. Todavía ignoras lo que acabo de pasar.

-¡Egoísta! -rompió en un grito desesperado acompañado de un llanto sin fin.

-No estamos listo y punto.

Tatiana no tuvo más opción que cambiar su camino. Sus ojos permanecían clavados al suelo mientras daba pasos sin esfuerzos pues carecía de aliento para levantar la mirada hacia el futuro. Se sentía traicionada, usada y a la vez culpable de estar sintiendo algo tan parecido al odio hacia aquel ser a quien había amado tanto, su amigo, compañero, amante y hasta ídolo en tantas ocasiones. Nunca había considerado no estar con Camilo. En sus primeros años de novios tuvieron pleitos por los que se distanciaban por largos minutos, tardes, y días, trayendo a sus vidas espacios de tiempos suspendidos, ajenos e intolerables. Era el gran magnetismo entre sus corazones y sus esfuerzos mutuos de vencer cada obstáculo, lo que les habían permitido a la pareja construir vidas compartidas. Una vida dispuesta a esperar viajes y proyectos realizados con tal de que cada uno fuera feliz en la auto-realización de su propio ser. Ella ya había fantaseado millones de veces con ser madre y obviamente sus fantasías lo incluían únicamente a él como padre de su criaturita. ¿Pues a quien más? Para empezar a planear una vida sin él, habiendo aún tanto amor, tendría que empezar por convencerse a sí misma de las razones para no querer estar a su lado, y estar preparada para estar no solo días suspendidos e intolerables como en los primeros años de su relación, sino quizá toda una vida sin volver a tocar la firmeza de sus manos, sentir la ternura de su ojos penetrantes, la dicha de comer juntos en la misma mesa o donde fuera, la creatividad de su forma de hacer el amor, el privilegio de llegar juntos a lugares cogidos de la mano, y la dicha de seguir soñando en un futuro compartido. Todo tendría que pasar a ser fantasías sin fundamento. Ahora tendría que empezar a poner sus pies firmes sobre la tierra como madre soltera para sacar adelante aquel bebecito palpitante que crecía dentro de sus vientre que tal vez llegaría al mundo quizá con los mismos rasgos y maneras de ser de su padre, y seguir amando a ambos por medio de uno solo. Rogaba al cielo por fortaleza para vencer todas las adversidades venideras y tener a su hijo triunfante. Pero una cosa era la fortaleza que la caracterizaba como mujer independiente en su vida profesional y otra era su perjudicable situación emocional que empezaba a desencadenarse en una serie de caídas depresivas mucho más angustiantes que sus previos ataques de ansiedad.

Al cabo de algunos meses en soledad, la inmadurez sentimental dio cabida en a la posibilidad de un aborto, otorgándose a sí misma un pasaje directo a un infierno psicológico mientras el dolor le perforaba el corazón. Pues durante los primeros años de su infancia no contó con la dicha de una madre amorosa siempre presente, ni un hogar cálido. Desde el momento que desarrolló una conciencia como mujer adulta luchó por darle a su vocación maternal un rumbo diferente a lo que un destino hereditario pudiera estar preparando para ella. Aunque los últimos acontecimientos en su supuesta estable relación no eran suficientes para rendirse en la derrota de pensar que existía un destino del que no se puede escapar, si le daban la sensación de que la vida le estaba tomando ventaja en la carrera y el vacío ahogante en su corazón la debilitaba inevitablemente. En los últimos días, sus fuerzas vitales se desgastaban y malgastaban en explosivos alaridos de profundo dolor que lanzaba al aire y contra el colchón, contra las paredes y contra sí misma en el espejo en la soledad. Se estaba decepcionando de sí misma, pues nunca estuvo en sus planes amar a alguien por encima de su propio ser. Toda ella se convertía en una huella cuya imprenta se diluía rápidamente con el pasar de las horas y los días. Era una mujer de aire que viajaba con los pensamientos y sentimientos. Durante sus primeros meses de embarazo estuvo muy en contacto con su hermano Santiago, pues con tanta incertidumbre, un miedo antiguo de las almas la mantenía cerca para así espantar la soledad y la ausencia notable de quien cuya presencia era mandataria. Su mente siempre permanecía alerta al pronunciar de aquel nombre que salía de conversación en conversación de bocas ajenas por estar presente en tantos de sus años felices, ese nombre era Camilo. Santiago, su hermano, anhelaba el ser padre pero la vida nunca lo había presentado con la posibilidad cercana de ello, por eso se entusiasmó con la idea de colaborar en el proyecto de niños que ya Tatiana le había compartido como parte de sus sueños con Camilo. A pesar de los innumerables esfuerzos, sus desmayos eran cada vez más frecuentes y el llanto pasaba a ser parte de sus gestos más comunes, hasta una sonrisa iba acompañada por una pequeña gota de lagrima que se asomaba por la esquina de su mirada perdida.

Un día, sólo por una tarde, alcanzó un minuto de paz cuando entró la llamada inesperada de Camilo. Al levantar la bocina y escuchar su voz, desaparecieron la cantidad de disculpas y suposiciones que podrían haber entablado conversación para dar paso a lo que él tuviera que decir sin ningún tipo de resentimiento.

-¡Aló!

-¡Hola…Tati! -dijo en medio de un suspiro.

-Camilo…

-¿Cómo estás Tati?

-Bien. Es un placer escucharte. ¿Y tú?

-Quiero recuperarte.

-Jamás me has perdido…siempre te he esperado.

-Necesito que nos veamos.

En eso quedaron y eso fue suficiente para ser feliz. Tatiana sentía desde muy adentro que todo volvía a encajar en su lugar. Se sintió tan enamorada como en aquellos tiempos, protegida por un amor juvenil que maduraba con ella. Volvió entonces a ser feliz en cuestión de segundos y ahora con la añadidura de un bebé que los unía por la santísima ley de la tercera fuerza del amor, como lo llamaban en las creencias antiguas los indios Mayas y Chamanes de las montañas que visitó.

La vida para ella había sido muy diferente a la de Camilo. De pequeña había sufrido en carne propia la falta de un hogar caluroso. Aunque no guardaba ningún tipo de rencor hacia sus padres, las circunstancias de su crianza la marcaron el resto de su vida por el hecho de no tenerlos cerca desde los cuatro hasta los diez años de edad. Llevaba en sus entrañas la promesa que una vez se hizo a sí misma mirando a las estrellas, con las palmas de sus manos unidas en oración, jurando que "nunca, nunca, nunca permitiría la separación entre padre, madre, e hijo" cuando le llegara su hora de formar un hogar. Era cierto que llevaba conociendo a Camilo por muchos años, pero más cierto era que los años que llevaba de vida y su propia responsabilidad de ser feliz, sobrepasaba todo requisito como persona.

Exactamente cuarenta y cinco minutos después de la llamada, alguien llamó por el interruptor.

-¿Quién es?

-¡Mi niña! Te necesito ver… -dijo la voz

Era indudablemente la voz de Camilo que había venido a buscarla inmediatamente al colgar el teléfono mientras ella aún seguía extasiada en la maravilla de sentirse otra vez feliz. Recordó el tiempo que estuvo sola y alguien quiso pretenderla y ella siempre supo responder que su única opción para el amor era junto a ese hombre que ya había impregnado su nombre en su piel y corazón.

Instantes después sonó el timbre y acto seguido tenía parado frente a ella a aquel hombre de sus sueños y padre de su hijo. Era como si su relación se hubiera convertido en una serie de reencuentros. Se abrazaron y besaron insaciablemente para compensar el tiempo que mantenían desperdiciando, pues el amor entre hombre y mujer que existía entre los dos no era puesto en duda, como tampoco lo era su capacidad de transmitir ese amor a través de miradas y caricias. Tatiana sintió que las manos de Camilo se deslizaban sobre el espacio de su vientre como acariciándole la barriguita, y ese hecho aumentó su felicidad. Quiso entonces unirse a sus caricias y darle la bienvenida, y tomó la punta de sus manos para conducirlas hacia la parte de su barriguita donde más se sentían los movimientos y pataditas del bebé que ya tenía seis meses y medio de vida. Camilo, que no había tenido la más mínima intensión de reencontrarse para plantear la interpretación que Tatiana estaba dándole a las cosas, se sintió presionado y rompió en desespero.

-Tati, te quiero pero...

-Escucha por favor -y por primera vez en su noviazgo se abrió a los años secretos de su vida que habrían quizá labrado un destino maternal del cual pretendía huir-. Mi padre fue un rebelde desinteresado a las riquezas materiales. Feliciano Botero, a quien nunca conociste y de quien poco te he hablado durante todos estos años de nuestro noviazgo, provenía de una familia muy adinerada de tiempos coloniales. Seguramente a todas las generaciones de sus antepasados les habría costado muchísimo esfuerzo levantar los campos para construir su fortuna, pero a él no le importó renunciar a ella. Vivian en una gran hacienda en la zona del eje cafetero en

Colombia. En aquel tiempo cualquier padre que pudiese brindar a su hijo abundancia y hombres que estuviesen a sus servicios, creía que la felicidad se daba por añadidura, pero mi padre había nacido para demostrar lo contrario. Un día a sus tempranos diez y ocho años, cogió su bicicleta y pedaleó lejos hasta llegar a una cuidad fuera de sus alrededores. Aquel día que deslumbró por primera vez la cuidad donde habría de instalarse, recorrió en su bicicleta todo cuanto pudo, contemplando la libertad. Al llegar la noche siguió las líneas de las carreteras esperando que cuando éstas llegaran a su fin y no llevaran a ningún otro lado, ese sería el punto de su descanso. De pronto vio frente a él una cumbre de pequeñas casas con pobres luces muy diferentes al destello de la hacienda, pero con un sabor a libertad que su alma agradecía. Muy temprano en la mañana del siguiente día, fue a buscar trabajo para poder sobrevivir. Entró a una pequeña panadería y tras de un pequeño relato de sus habilidades sé hacer rico pan, el dueño quedó fascinado con su gentileza y el amor irradiante con el que había saludado a un niño que había ido a comprar pan para su abuela. En poco tiempo, nos contaba mamá, era impresionante como niños de los alrededores y de todas las edades se aglomeraban a su paso, pidiéndole a mi padre que les contara alguna historia, ya fuera de su vida en la hacienda que parecía tomar lugar en una lugar remoto de riquezas y hadas, o de lo que fuera con tal de escuchar su acento gracioso y diferente -Tatiana tomó un respiro y vio la mirada confusa de Camilo-. Mi padre también era un hombre enamoradizo y al poco tiempo conoció a mi madre. Ella llamó su atención desde el instante que la vio por primera vez. Era una india delgada y pequeñita de facciones tersas pero tenía una actitud rígida y defensiva. Mi madre que era joven, bajaba cada sábado a la cuidad para acompañar al abuelo en la venta de yogures frescos y panelitas, y por gracia del destino que habría de unirlos meses después en matrimonio, el trayecto del abuelo y la distribución de panes de mi padre, tenían varios puntos de encuentro. Lucia, mi madre, era de un pueblo habitado por indígenas en el que tan sólo algunas pocas personas dominaban el español, y eso le resultaba como herramienta perfecta para despreciar e ignorar miradas que buscaban pretenderla en la cuidad. Nadie nunca había llamado su atención para otra cosa aparte de la venta de yogures y panelas. Feliciano contaba con una herramienta mucho más fuerte que los demás hombres de por allí, pues era como una ángel dándole pan y alegría a los niños hambrientos del barrio y eso a ella le encantaba. Así fue cómo los niños pasaron a ser cómplices de su plan de conquista. Uno le llevaba una flor, con otro le mandaban panecitos con ojos y bocas de dulce que el mismo preparaba, y muchas otras ridiculeces que les permitiesen sobrepasar la barrera de frialdad de mi madre. La conquista no se hizo tan difícil con tanto ingenio y al cabo de poco tiempo mi padre pidió la mano de mi madre en matrimonio. Ni a familia de ella ni a ella les importaba la pobreza del pretendiente, pues ellos jamás habían conocido riqueza y contaban con una verraquera implacable para la sobrevivencia.

Camilo estaba perplejo por tanta historia sin la más mínima idea de hacia dónde se dirigía. Tatiana nunca había contado nada de una historia especial característica de sus padres que pudieran marcar su vida en situaciones como la que en ese momento estaban pasando como pareja. Pero estaba feliz de haber podido entablar una conversación placentera con su siempre estimada amiga y doncella.

-Continúa, por favor.

-Pasado algún tiempo, la madre de Feliciano por fin le cogió la caña a una de sus hijas para ir en busca de mi padre y lo encontraron felizmente organizado con una india muy india para sus gustos, y después de unos regaños y reclamos como de costumbre, se tuvieron que montar en sus carruajes de ricachonas de vuelta al pueblo, indignadas. Después nací yo, en un hogar pobre pero muy feliz. Aún más feliz fue cuando, yo apenas de dos añitos, mi madre quedó en embarazo de una hermanito para mí, recuerdo un brillo hermoso en sus ojos, su figura delgada se onduló delicadamente y ella cogió la costumbre de caminar con las manos puestas suavemente sobre su barriguita, cogía mis manos y me presentaba a quien sería mi primer hermanito, yo sentía cómo si el amor de nuestro hogar se estuviera multiplicando. Pero un día ya ni mi padre ni mi madre sonreían ni jugaban a hablarle a mi hermanito, mi madre perdió el bebé y mi corazón de niña se partió en dos pensando más que en mi dolor, en el dolor de ella como mujer. Lo mismo sucedió dos veces más, que mientras mi pobre hogar soñaba con la nueva bendición de un bebé, la vida nos la arrebataba. Hasta mis cuatro años que mamá quedó en embarazo de Santiago y Dios me dijo en sueños que esta vez me permitiría conocerlo, volví a ser tan feliz como la primera vez. Pero la felicidad nunca parecía durar por mucho tiempo, pues el par de brujas que yo no conocía, presentadas como la mamá y hermana de mi padre, se enteraron de la noticia de que mamá estaba esperando otra vez un bebé y quisieron ayudar a evitar lo que siempre pasaba, culparon todos los abortos a nuestra pobreza y se irrumpieron en nuestra casita sin aviso previo a abogar por mi supuesto bienestar. Fue una tarde de gritos y discusión que yo no lograba entender, pero al llegar la noche estaba embarcada en un carruaje que se dirigía a un lugar nunca antes visitado donde todo era en abundancia. Allí, en la hacienda donde creció papá, no me faltaría la buena comida, los lujos, hermosos vestidos, acceso al mejor de los colegios de monjitas y el prestigio de ser una Botero de verdad.

Camilo ya empezaba a sentir un hondo dolor en el corazón al ver que no conocía a Tatiana tan bien como pensaba. Sentía que todo el amor que le brindó en los últimos años había sido egoísta pues ignoraba los años que parecían ser los más importantes de toda su vida.

-En la nueva casa -continuó Tatiana con un tono cada vez más débil- me bañaron y me pusieron sus vestidos despampanantes de pollerín. Lejos de mis padres sólo dejaba que me hicieran y deshicieran. Sólo veía manos y caras que aparecían desde todos los ángulos, tirando y apretando, halándome los cachetes y recogiéndome el cabello de mil maneras, y pronunciando una cantidad de palabras inentendibles que sólo me dejaban más confundida acerca del porqué en la mañana era tan feliz junto a mis padres y al llegar la noche me sentía tan inmensamente infeliz en medio de lujos que yo jamás había pedido. En lo único que hallé sentido fue en la promesa que nació en mi corazón en ese instante, de que "nunca, nunca, nunca permitiría la separación entre padre, madre, e hijo" cuando llegara mi turno de ser mamá, por más insoportable que fueran los tiempos ni por mas ariscas que fueran las brujas.

Hubo un gran silencio en la sala. Camilo sintió las manos de Tatiana tocándole el rostro.

-Santiago nació y las brujas insistían que todavía no era hora de devolverme a mis padres, cuando en la pobreza a duras penas tenían comida para una boca más. Después mamá tuvo a mi hermanita menor y mis posibilidades de tener una vida normal se estaban desapareciendo. Mis padres y yo sabíamos que ellas nunca tendrían la intención de devolverme pues yo era lo único que quedaba de vida y juventud en aquella colonial mansión. Era una casa llena de viejos que jugaban a ser amorosos, había una disciplina agobiante en la que no se me permitía ni por error ensuciar la costosa ropa que me compraban mis tías en sus tardes de sábados en una boutique de vestidos importados de Europa en uno de los pueblos vecinos, mucho menos podía cometer el error de pronunciar palabra durante el almuerzo o subir los codos sobre la mesa sin que me encerraran toda tarde en la habitación como castigo debido a mi supuesta rebelde conducta. Mis padres visitaban cada mes para ver cómo estaba y para obsequiarme el privilegio de jugar con Santiaguito y después Vanesita, mi nueva hermana menor, pero en mi complejo de soledad y abandono a duras penas lograba acercarme a darles un beso, me sentía como si hubiera una barrera gigante entre ellos y yo mientras existieran tantas personas en nuestras vidas, sólo me limitaba a ver cómo mis hermanitos jugaban amorosos el uno con el otro y corrían por toda la casa siendo felices, vestidos con los bonitos trajecitos que mamá cosía con sus propias manos, mientras yo me moría de ganas por preguntarle si ellos en verdad sabían que tenían una hermana mayor. Cuando ellos se iban a casa yo me encerraba a llorar inconsolable en mi lujosa habitación y una de esas noches papá apareció en mi ventana. Papá me confesó que él tampoco lograba demostrarme amor libremente en medio de tanta gente, me preguntó si yo realmente sabía que él era mi papá, y me dijo que él no sabía cuándo íbamos a estar juntos pero que iba a preparar un plan propicio para llevarme de vuelta a casa. Empezó a visitarme una vez por semana a media noche para darme noticias de mis hermanitos y de mamá. En las tardes, al regresar del colegio, pasaba largas horas sobre la loma que resguardaba aquel valle donde crecía el café y se veían las humildes casitas de los hombres que trabajaban la tierra con sus manos desnudas, pensando que detrás de la última de las montañas que veían mis ojos, y donde todavía se alcanzaban a ver luces encendidas, estaba el hogar de mi verdadera familia. El plan de rescate tardó seis años en llegar pero al fin, en la Navidad de mis 11 años, mamá y papá llegaron acompañados por una señora de carácter muy firme que decía ser la mejor amiga de mamá y por tal tenía todo el derecho de abogar por los derechos que mi misma madre no sabía defender. La señora se riñó mano a mano con la bruja y con el abuelo que ya prefería no decir nada, y habló lo que ni Feliciano ni Lucia se atrevían a decir, el caso es que ese día era de fiesta y estaba toda la familia y todos objetaron su opinión, favoreciendo la unión de nosotros como familia. Mi padre que mucho temía a su honorable madre sólo se limitaba a decir: "Lucia quiere llevarse la niña y creo que está en todo su derecho", aunque hubiera preferido más valentía de su parte. Recordé todos los momentos de amor que me había demostrado en sus visitas nocturnas y elegí amarlos a todos sin resentimientos. Regresé a casa a llenarlos de besos y ensuciarme la ropa cuanto quise, sin que nadie me gritara.

-¿Que pasó con tu otra hermana?

-Falleció de 6 años…

Camilo quedó paralizado de remordimiento, pero sabía que a pesar de ahora conocer la dura historia de Tatiana, todavía el aborto era su única opción para salvar la relación.

-Camilo mírame a los ojos…entiende que a mis veinticinco años, después de creer haber conocido el amor y disfrutado de él por años, jamás imaginé tener que escoger entre ese amor y mi más profunda promesa, fruto del mismo amor. Entiende que lo que me pides me hace sentir decepcionada ante la vida y me hace dudar de nuestro creador. Después de tener la habilidad de crear burbujas en el aire y encerrarme en ellas para escapar que cualquier situación y sólo salir cuando la tormenta hubiese pasado, hoy tú me conviertes en una mujer débil que se divide en dos personalidades, una enemiga de la otra. Y hasta me pregunto ¿qué es más importante, si ser fiel a mi corazón que guarda una promesa como un tesoro desde los cuatro años, o si planear como mujer un hogar perfecto en el momento mutuamente deseado por los dos? Si es que ése día llegase.

No hubo repuesta, seguramente porque Camilo no halló respuesta ni para él mismo, ni palabras para seguir insistiendo en lo que ya tanto había sugiriendo, así que sólo supo quitar su rostro de entre las manos de su antigua doncella de cuentos de hadas y salir del apartamento rechazando la oferta de formar un hogar.

Era un día gris, las gotas de lluvia sonaban como azotes contra el pavimento. Tatiana no podía entender cómo después de haber abierto su corazón con el único secreto que jamás había ocultado a Camilo, hoy él la dejaba perdida en la desesperanza al cruzar la puerta de salida sin un beso, ni un adiós, ni una promesa de regreso. Pasó una hora entera antes de que pudiera volver en sí y reaccionar y al hacerlo, un impulso inexplicable la hizo salir corriendo tras de él, imaginando poder seguir sus pasos. El agitar de sus pasos, agitaron también las nubes en el cielo y el ritmo de los vientos porque el cielo empezó a gritar relámpagos y llorar diluvios. La atmosfera entera la invitaba a la derrota, a renunciar a sus sueños y su moral, y a contemplar la opción de un aborto.

SIEMPRE ESTARÉ PENSANDO EN TI

-¡Hola mamá!

-¡Hijo, que alegría verte! ¿Cuándo regresaste?

-Acabo de llegar -mentí para evitar despertar un montón de preguntas que provocarían dar más explicaciones.

-Te extrañamos!

La cabeza me daba vueltas. La voz, la mirada y los brazos siempre abiertos de mi madre eran un puñal mortal que me hizo comprender la posición de Tatiana. Nunca me había considerado tan malvado como en aquel momento. Irónicamente la causa de sentirme tan cobarde y de que todo mi mundo se hiciera trisas era precisamente el haber visto morir a un pequeño a quien amaba tanto. Por más que intentaba escapar de la culpabilidad de sentir que me había equivocado, tenía una vos en el pensamiento que me defendía de mí mismo y lo justificaba todo. Me decía que no era el momento para tener un hijo y que no sería un buen protector. Me señalaba que todos aquellos pequeños por los que tanto había luchado eran precisamente producto de embarazos inoportunos e indeseables, padres no preparados para ser padres. Muchas veces también me hice muchas promesas en secreto de amar mi hogar por encima de todo y ahora acaba de renunciar a ello matando los sueños de quien más me amaba.

-Justo preparé tu comida favorita hijo -decía mamá orgullosa.

-Eres una santa, mamá.

-No me digas que soy la primera en saber sobre tu regreso…

-Aha…

-¿Y Tati? ¿Cómo está? ¿Están bien ustedes dos…? Llevo un mes tratando de localizarla y nada. Ya ni contesta el teléfono hijo, me tiene preocupada esa muchacha. Bueno, aunque como decía mi madre, éste es el destino de los viejos, "los jóvenes no tienen tiempo para los viejos" -Susana tomó un corto suspiro como quien siente un alivio al aprovechar desahogar las quejas que nunca tiene quien escuche- Vea… allí también está su hermana... esa muchachita anda toda loca enamorada. No demora con salir con el cuento que se va de la casa.

¿Que quieres de tomar hijo? -dijo irrumpiendo el tema bruscamente mientras servía la mesa.

Ya es hora de un par de nietos para que me hagan compañía -continuó con su exactitud de bruja.

-Ya mamá!

-Sí, tienes razón hijo. ¡Ves, ya me estoy poniendo vieja!

-Y más inoportuna -pensé.

-Cuéntame de los niños –preguntó en su esfuerzo de interrogatorio innato.

-Es una misión que requiere mucho corazón, a veces es más fuerte de lo que se puede aguantar.

-¡Hmm! Vieja pero no has perdido para nada tu sazón – hice un nuevo intento por cambiar de tema-. La verdad, prefiero no hablar de eso ahora.

Sonó el timbre de la puerta.

-¡Voy a ver quién es!

Aproveché ese pequeñísimo lapso de tiempo para rogarle a Dios en secreto que apaciguara la mente de mi madre y no hubieran más preguntas, pero sabía que aquellas preguntas serían las mismas que haría cualquier persona que me viera de regreso en casa.

-¡Hermanito! -exclamó Carmelia al verme

-No quiere hablar sobre la misión con los niños -susurró mamá al oído de Carmelia en su intento por brindarme comodidad máxima pero la prudencia nunca había sido una de sus fuertes.

Carmelia tenía un instinto agudo característico y supo evitar no hacer preguntas personales incluso sin ser advertida por mamá.

-¿Y te quedaras algún tiempo con nosotras?

-Sí. Me gustaría -respondí en un suspiro.

-Y a nosotras también… ¿Sabes? Casi todas estas noches he soñado contigo

-No me digas que aprendiste a quererme -dije bromeando

-¡Nunca fuiste perita en dulce hermanito!

-Estás hermosa hermana…y yo que pensaba que los años sólo llegaban para ponernos viejos.

-¡Quiero volar! Quiero agitar mis alas muy rápido hasta sincronizar con la frecuencia del viento, hasta viajar con la luz y las emociones. Siento que si colecciono mis pensamientos más felices, ellos me harán volar.

-Mama tenía razón. Estas muy enamorada.

-No…mejor dicho, no es sólo eso. Sí siento que quiero mucho a una persona pero también siento que quiero mucho a muchos más. Amo las personas que siempre han estado en mis vidas y merecen un altar en mi pensamiento, como tú, como mamá, y como otras que apenas conozco pero que comparten millones de ilusiones conmigo a través de miradas amables. En estos días tuve la loca idea de que sólo nacemos verdaderamente cuando descubrimos el verdadero sentido del amor, todos cómplices contra la vana ideología de ser superior a los demás. No antes. El nacimiento como lo conocemos es muy mecánico. Empiezo a creer que nacer para crecer y ya, es más una invitación a envejecer y a la muerte que a la vida misma si no la decoramos con el aprendizaje de amar. Tanto en los programas de televisión como en la vida real escucho constantemente escenas de rebeldía donde los hijos les reclaman a sus padres el hecho de haber nacido, les echan en cara que ellos no eligieron venir a este mundo. Entonces, es obvio que hasta la pantalla grande es comunicadora de una tristeza colectiva y que puede fácilmente hablar por la mayoría.

Escuché a mi hermana más atento y placentero que nunca. Detectaba en ella el estar experimentando por sí misma la hermosa sensación de nacer.

-Sí, hermanita -asentí encantado-. ¡Como te decía antes… estás enamorada! -intenté entonces bromear pues en mi experiencia con los niños había aprendido que cada reflexión de autorrealización en el ser humano también viene acompañada con una teoría contraria de desilusión y quería evitar llegar a ese punto de la conversación. Disfrutaba mucho ver a mi hermana sonreír, nacer, vivir, volar.

-Mi vida hasta hace poco fue una repetición de desilusiones. Siempre me tocó ver que la pareja en la que vanamente depositaba mis sueños en una semana se iba de mi lado, y me cegué total a la posibilidad de un millón de formas de amor. El gran valor de un amor hacia los padres, amigos, hermanos, no parecían suficiente sino existía el amor de alguien de quien presumir, pasearse de la mano, o con quien planear los fines de semana, pues la ausencia de todo ello pasaba a ser indicador de ser fea, inferior, y poco interesante. Así que en la locura y la inseguridad me quise involucrar con todo y todos. Tomé cuanto cursito exótico escuchaba por ahí, para poder presumir de lo que sabía, ignorando que la verdadera felicidad llegaría cuando dedicara mi tiempo y mis energías a ser lo que nací para ser en vez de estar tratando de ser lo que mi alma no es, y al final para nadie parecía tener importancia. Así que como fuiste testigo, me refugié en el rechazo a todo y sobre todo, hacia los seres que parecían ser obstáculos en mis días. Tanto así que llegué a pensar que mi mala suerte provenía del hecho de haber nacido en un hogar poco representativo a lo que me hace felíz, predestinándome a la derrota. Como ves, pura ignorancia pero de la que padece mucha gente -Carmelia acompañaba su teoría con una danza de gestos representativos de una felicidad encarnada-. Ahora comprendo, que si algún día nuestro amor falló, fue debido a mi mediocre idea de sentirme prisionera del deber de amarnos sólo por el destino de ser hermanos de sangre. ¡Qué poca capacidad de amar, que me asusta! Aseguraba que sí la vida hubiese sido distinta y no nos hubiera puesto en la misma familia, jamás hubiera elegido a voluntad ser ni siquiera amigos. ¡Ay hermano, que tan ignorante es el amor cuando se busca fuera del alma! Hoy no me avergüenzo en decirte que te amo, porque gracias a tus vivencias mi alma también aprendió, mientras me salvabas de tormentosos karmas, como un Cristo.

-Hermanita, ¿dónde tenías todo eso guardado? Creo que sí me voy a tener que quedar por algún tiempo largo.

Esta vez la broma no la perturbo, pues estaba segura de que la conversación se entendía en el lenguaje de las almas, sin obstáculos.

-¿Sabes?, yo también tengo algo que contarte pero antes vamos a darle un beso a mamá.

-¡Vamos! -Carmelia sonrió y se paró de su silla como un relámpago.

Los días venideros transcurrieron con la misma intensidad. Cada mañana nos despertábamos a horas casi simultáneas para compartir pequeños sueños y reflexiones. Carmelia cruzaba el último año de la universidad en docencia, y estaba haciendo una práctica en un colegio de elementaría al otro lado de la cuidad. Su novio, también muy enamorado, la recogía todas las mañanas en su auto de niño rico para llevarla a la práctica. El cuadro me llenaba de recuerdos de Tatiana a mi lado, enamorados.

La vida parecía irse apaciguando por sí misma, sin esfuerzos. La calma reinaba en el ambiente de nuestro hogar de tres nuevamente reunidos, pero como muestra perfecta de que el ser humano nunca está totalmente satisfecho con un mundo color de rosa, es más, con nada, yo que siempre había sido guerrero y un buscador, me atormentaba con la idea de sentir que estaba sentándome a descansar antes de mi hora. Me sentía infeliz al ver que la vida se me desbordaba no sólo en las ganas de vivirla sino también en la pérdida de anhelos espirituales que una vez me hicieron sentir en el cielo mientras los compartía con Tatiana. Ahora sólo me quedan los recuerdos de tiempos más felices, de aquello que nos hacía sentir la pareja perfecta como si nuestra relación hubiese sido bendecida desde lo alto. En las noches acostumbrábamos a cogernos de las manos uno frente al otro y uníamos nuestras voces al unísono en una pequeña oración que había surgido del corazón de Tati un día aparentemente cualquiera.

"Oh Señor! Permite que mis sueños no sean otra cosa más que los anhelos de mi alma. Ayúdame a despejar el camino para solamente recorrer y luchar por las metas que mí ser desea alcanzar en mí. Amén!"

Aquella ceremonia privada era todo lo que necesitábamos para bendecir nuestros proyectos. Sin embargo, en la lejanía todo parecía haber cambiado y la vida parecía empeñarse en revelar mis actitudes más egoístas. Nunca dudé de mi amor por Tatiana pero el amor no puede existir sin voluntad de ser y dar sin límites. En los tiempos que más floreció el amor, me sentí fuerte en mi interior y firme frente a nuestras decisiones. Ahora en la soledad de mi propia alma, siento que ya ni siquiera quedan decisiones que tomar, A medida que se deslizaba nuestro amor por las grietas de las derrotas, me iba llenando de una sed de rencor hacia el mundo y la sociedad. Quise renunciar a mis sus proyectos y poco a poco ir renunciando a la vida en general. O como llamarlo de otra manera, cuando claramente me estaba ahogando en un "no" profundo ante las cosas que siempre representaron sueños compartidos e ilusiones para el futuro.

Mientras que Carmelia buscaba en Camilo un maestro de vuelos, él buscaba desvanecer. Carmelia llegaba todas las tardes con deseos ardientes de exponer todos sus nuevos raciocinios filosóficos y encuentros con gente que alimentaban sus ganas de indagar las verdades prometidas del misterio de la vida. Ella siempre se había culpado de ser muy dependiente emocionalmente de la atención que le diera o no su hermano y su madre, pero para su decepción personal, la atención de Camilo era cada vez más ausente. Sólo contaba con los oídos de su madre para exponerle asuntos inútilmente, puesto que su naturaleza poco le permitía entender sobre ellos. Camilo sería su público perfecto si quisiera pues durante los meses de su misión en la distancia, ya se había desahogado con él en miles de conversaciones imaginarias en las que le confesaba darle lógica a su manera espontánea de ver la vida y sus problemas. ¡Cuanto lo había criticado y tratado de humillar por lo que era, sin entender hasta ahora lo que quería ser!

-Hermano, enséñame a volar, te pedía en mi sueño -continuó Carmelia ansiosa por confesarle a su hermano cuánto había aprendido a amarlo y a amar- y tú me respondías en una suave voz protectora, "Agárrate fuerte. Siempre que me lo pidas te llevaré de la mano".

La casa se desbordaba en alegría. La sonrisa de una madre ante la el regreso repentino de su hijo y el calor de una hermana menor que lo admiraba después de tantos años de incomprensión y odio en la adolescencia, era la mezcla perfecta para una poción de veneno que su corazón no estaba en condiciones de tolerar. Camilo reconocía todos los ingredientes de aquella poción, el arrepentimiento, el rechazo al amor y la epidemia de amargura que empezaban a contagiar a las dos mujeres de la casa y que ya habían matado a casi dos de su corto pasado. Y es que el dolor que busca el descanso en la muerte, es dolor que mata y con el que jamás nadie debe acostumbrarse a vivir. Sólo el profundo arrepentimiento otorga descanso a un alma. Era evidente hasta en el trabajo con los niños pues las muchas veces que vio el fracaso fue por la incapacidad que tienen los corazones de perdonar. ¿Y cómo perdonar cuando ya se ha optado por tomar actos de venganza? ¿Y cómo arrepentirse cuando ni siquiera conocemos el perdón hacia nosotros mismos? Y lo que es peor, juzgamos nuestros propios juicios. Camilo observó desde una perspectiva profesional que cuando juzgamos situaciones, es tanto el compromiso psicológico que se genera que aunque el corazón intente separarse de su supuesta posición, la severidad del juicio termina corrompiendo la voluntad de cambio. Entonces sin pensamientos felices es imposible volar. La lucha por escapar de la miseria psicológica conlleva más confusión, y así es como una persona que un día tiene todos los galardones merecidos, al otro día los ve todos en su contra, y a voluntad, huye a las calles sin rumbo, donde todos caben a empujones. Entonces una noche de luna llena, impulsado por el abandono del cual era prisionero, se adentró en la oscuridad de un callejón que no pavimentaba la calle de sus sueños.

¿COMPAÑEROS DE TURNO?

-Bueno ha llegado mi hora de partir. Ha sido un placer ser tu mujer de turno.

Los dos rompieron a carcajadas. El momento de despedida requería de mucho más que de palabras y ambos supieron detectar la necesidad de una mirada precisa y prometedora de esperanza. Extendieron sus almas en gran abrazo de despedida con sus mentes fijas en crear una estrategia instantánea que los reuniera en un futuro cercano.

Carmelia luchó contra sí misma para no desistir en la mitad del pasillo que la dirigía a la salida del hospital. Sus piernas iban temblando y los parpados de sus ojos titilaban inseguros de estar emprendiendo o no, el camino correcto para su corazón.

-Señora Carmelia -escuchó que dijo la voz del médico.

Carmelia quiso seguir caminando sin mirar a atrás, pretendiendo también olvidar el papel tan loco que había asumido durante los últimos días desde el accidente.

-Señora, le tengo buenas noticias -dijo el médico mientras aceleraba el paso hasta alcanzar a Carmelia.

-Doctor, ¿me hablaba? –giró y preguntó asustada.

Cuando Carmelia vio el mirar informativo del Dr. Avellanos, cayó en cuenta que la supuesta lógica de dar por terminada la novela romántica en la que se había envuelto con Leonardo sería abandonarlo cuando él ya la necesitaba.

-Su marido podrá volver a casa. Ha reaccionado muy bien a todos los procedimientos. Él va a estar mejor con sus cuidados. Claro que deberá asistir regularmente a terapias y revisiones médicas hasta que sane por completo las cicatrices. Ahora venga usted conmigo, necesito que firme unos documentos para poderle dar de alta.

Carmelia permaneció inmóvil, congelada del susto ante la magnitud de la gran mentira. ¿Cómo devolver todo lo dicho? Igual sus intenciones no eran abandonarlo en un momento como ése. Por lo contrario, el saber que alguien en el mundo la necesitaba, la enorgullecía mucho. ¿Quién iba a pensar que días atrás buscó escapar de su propia existencia y abordar un tren sin rumbo, mientras a unos cuantos pasos de su destino, llegaría a representar lo único que alguien necesitase y quisiese para vivir? Así pues, siguió al Dr. Avellanos de vuelta por los pasillos de su mentira y firmó cada uno de los documentos para dar de alta a Leonardo. Aquello fue como firmar un acta de matrimonio.

-Leonardo.

-¿Sí, Dr.?

-Esta tarde irá usted a casa con su mujer. ¿Qué le parece?

-Muy bien. Supongo… -respondió con la mirada un poco entristecida mientras recopilaba mentalmente las palabras de despedida de su mujer de mentiras de hacía unos minutos atrás.

-¿Supongo? Pensé que le alegraría mucho más. O si prefiere le abrimos campito aquí en el hospital?

-Leonardo se sintió un poco tentado por la falsa propuesta pero lo detuvieron dos factores. El primero, la propuesta no iba enserio. Segundo, sus intenciones no eran revelar la vergonzosa verdad de que siendo un adulto había participado en una novela improvisada y que Carmelia no era más que una extraña. Bueno, por lo menos hasta antes de la actuación. Leonardo se sumergió en un río de pensamientos hasta que la brusca voz del Dr. Avellanos lo succionó de nuevo al cuerpo.

-Bueno. Ya Carmelia está terminando de firmar los últimos papeles para su ida a casa. Ahora sólo queda realizar un examen general de control.

Carmelia aguardaba nerviosa en el pasillo. No estaba lo suficientemente segura de que su presencia sería bien recibida nuevamente, cumpliendo ahora un roll aún más comprometedor. Esta vez temía que bajo las improvisadas circunstancias sus intenciones pudieran ser nuevamente puestas en duda.

Leonardo hizo su primera aparición en silla de ruedas guiado por una enfermera hasta la sala de espera. Una vez más, una sonrisa serena y una mirada penetradora podrían haber sido suficientes para conversar, pero conducida por los nervios, Carmelia decidió añadir palabras vacías.

-¡Ves! No te fue tan fácil liberarte de mí.

-No sabes cómo me alegra -contestó Leonardo mirándola fijamente a los ojos.

Carmelia hizo relevo a la enfermera que conducía la silla de ruedas hacia la salida del hospital que había sido su casa por siete semanas. Sus pasos eran lentos para así tratar de descifrar el camino, pues ignoraba por completo hacia dónde debía de ir.

Cogieron un taxi para ir a casa de Leonardo. El recorrido duró aproximadamente once minutos de total silencio. Habían tantas cosas por decir pero tan poca lógica en ellas, que no encontraron manera apropiada para entablar conversación. El trajín de todo lo sucedido tenía las mentes de ambos agotadas hasta el punto que cada uno empezaba a extrañar la simpleza de sus antiguas vidas. Aun así, regresar a ser quienes habían sido tampoco los tentaba, sobre todo a Camelia, quien hacía un mes atrás se había lanzado a las calles en busca de un nuevo despertar. Los dos luchaban con la tan común debilidad humana de extrañar el pasado cuando se tienen tantas incógnitas sobre el presente y el futuro.

El taxi se detuvo con la indicación de Leonardo. El número de la puerta estaba grabado en letra cursiva y moldura dorada y brillaba sobre la superficie blanca y plana de la puerta. El número decía 88-10 y aunque en la historia de sus años habían aprendido muy poco sobre los misterios de la numerología, le resultaba muy fácil deducir que aquel conjunto de números significaban algo mucho más profundo que una dirección coincidencial. Entonces, ante la falta del verdadero profundo conocimiento, optó por dar a su mente la única repuesta que tuvo disponible a suponer; aquel número sería una especie de código de cambio del cual aún no se sabía si esperar bien o por lo contrario, un paquete a desenterrar de decisiones equivocadas.

-¿Puede esperar mientras mi novia trae el dinero, por favor? -le dijo Leonardo al taxista haciéndole muecas a Carmelia.

Leonardo estiró las llaves de su casa y los dos parecieron respirar miedo en la transacción. Cada acto de confianza era dar un paso más a la locura que insistía por unirlos. Carmelia bajó del taxi con la mente dispersa entre dos disparatadas ideas, una de ellas sería echar a correr en dirección contraria a su supuesta morada, y la otra, actuar conforme a lo acordado como la novia que tantas veces ya había visitado aquella casa. Mientras consideraba sus opciones, su cuerpo hizo el recorrido hacia la puerta, introdujo las llaves pero no sin antes hacer unas cuentas piruetas, y llena de dudas empujó despacio la puerta hasta lograr un pequeño escaneo del interior del lugar. Se trataba de un hogar simple, algo familiar, muy poco parecido a lo que se hubiera imaginado si se hubiera dado a la tarea de imaginar algo. Los muebles eran de un material de lino para nada modernos y de color tierra.

Cualquiera podría suponer que aquel hombre no vivía solo, es más, que se trataba de un hombre casado. Intentó deshacer sus pensamientos y completar rápidamente su misión de encontrar el dinero que Leonardo le había indicado que se hallaba en el primer cajón al entrar en la cocina, pero sus pies y su mente reaccionaban a destiempo.

La cocina era grande, al igual que el resto de la casa. Estaba toda decorada con utensilios en figuras de marranos. Adornos de marranos que se columpiaban del escaparate. Servilleteros en forma de marranos, manubrios de marranos en todas las puertas de los gabinetes, toallitas con estampados de marranos, cucharones de marranos, un tapete con un dibujo de un marrano que decía "I don't bite" (no muerdo), todo era de marranos. Algunos con sonrisas dulces, otros con coquetos vestidos, pero sin importar detalles, todos añadían un aire tenebroso al dichoso nuevo hogar. Carmelia deseaba moverse rápidamente pero su mente estaba totalmente congelada. Finalmente obtuvo un vistazo del cajón entreabierto de donde se desbordaban billetes de $100, $50 y $20 dólares, haciendo sentir el ambiente muchísimo más extraño. Por un momento temió estarse involucrando en alguna situación que pudiera estar contra la ley. Se empezó a preguntar el porqué de tanta confianza y tanta insistencia por parte de Leonardo en conservarla a su lado. Como era de esperarse en el afán del momento, le faltó la imaginación para hallar una respuesta válida que le justificase salir corriendo, lo cual sería, en cierta forma, falta de moral considerando el haber permitido ya tanto. Cogió uno de los billetes de $50 que se asomaba del cajón y salió a pagar el taxi en donde Leonardo aguardaba como un rehén, lo ayudó a bajar del auto y lo llevó lentamente hasta el interior de la casa. Una vez adentro y a solas, se paralizó. Primero pensó en llevarlo a descansar a su habitación pero ni siquiera sabía hacia dónde dirigirse para llegar a ella y algo en su interior le decía que sería mejor ni preguntarle, para no recopilar más hechos que la fueran metiendo en asuntos cada vez más comprometedores.

-Mi cuarto es el de la primera puerta a la derecha -interrumpió Leonardo los pensamientos de Carmelia- y aquella puerta que le sigue es el baño. De ahora en adelante y hasta cuando tú decidas, eres dueña de todo y puedes disponer de ello

-Pero…

-Escucha Carmeila, si toda esa historia de huir de ti misma y de tu propia suerte es verdad, entonces no veo nada de malo en que tomes esta nueva casa como una señal de la vida para hacer tus deseos realidad. Te pido por favor que no temas por mí, yo estoy muy agradecido y no quisiera dejarte de ver sin antes haberte podido regalar una sonrisa permanente en tus días. Además soy un paralítico y no tengo malas intenciones.

-¿A qué te dedicas Leo?

-Soy profesor.

-¡Oh, sí!

-Sí. Soy profesor de literatura.

-¿En inglés?

-No, en español. El idioma del amor -dijo haciendo muecas de romántico.

-Se nota que eres un romántico empedernido -respondió ella un poco pícara

-Vivo por ello.

-¿En dónde enseñas? ¿Es posible que sepan lo de tu accidente?

-No. No me he reportado con nadie, ni siquiera en el trabajo. La verdad, tu presencia me basta y me sobra.

Carmelia prefirió callar por unos segundos para así contenerse de decirle a ese hombre que dejara de tratarla con tan exagerados cortejos. Que había llegado la hora de que pusiera los pies sobre la tierra, pero consideró que sus tantas reacciones impulsivas nunca le habían traído nada bueno. Además, quizá había llegado la hora premiada de darse rienda suelta a ser la romántica empedernida que tanto la hacía feliz y confirmar que no valía la pena seguir luchando con el mundo de los protocolos que rechazan a los románticos así. Si era que la vida por fin le ofrecía alguien de igual naturaleza, entonces que esta vez se estrellara con una mentira que parecía ser, y no con la frialdad de ante mano de alguien que nunca prometió dar un poquito de romanticismo ridículo a sus tan soñadas relaciones. Hizo una larga inhalación y continuó:

-¿Y qué crees que estén pensando en tu trabajo?

-Aún no lo sé. Prefiero no preocuparme por eso hoy. Trabajo en una de las escuelas públicas de Nueva York. Es fascinante. Adoro a mis estudiantes.

-Cada vez me sorprendes más. Tu aire parece puro pero no puedo deshacerme de una angustia en el pecho que me pide salir corriendo de aquí.

-Es normal señorita. Estas en la casa de alguien a quien todavía consideras un desconocido a pesar de estar a su lado por semanas -Leonardo hizo una pausa tras de su tono sacartisco-. ¿Te puedo preguntar algo? —y sin dar tiempo a que ella respondiera- ¿Has vuelto a casa? Es decir, ¿a dónde ibas cada vez que me dejabas solo en el hospital?

-No. Veo que estás muy atento a lo que hago…Tengo una amiga al otro lado de la cuidad que todavía me importa tener cerca. Ella da clases de yoga y me gusta asistir para despejar un poco la mente y tratar de encontrar respuestas en la meditación, siempre he encontrado paz en ello. Cuando termina la clase me gusta quedarme con ella un rato para conversar, le cuento las novedades de mis días, que sólo consisten en cómo tu amaneciste, si respondiste a las terapias, a qué horas despertaste, qué información me dio el doctor…, ella cada vez me dice que siente un interés especial que crece en mí por ti y que tenga cuidado, yo le respondo que tengo todo bajo control y que tan pronto te den de alta dejaré de sentirme que la intuición me pide ser tu ángel guardián, luego nos damos un abrazo y ella se burla de mi inocencia mientras me despide, yo le ruego una y otra vez que mantenga mis visitas en secreto como si ya yo no me hubiera encargado de mantenerla ajena a todas las otras personas en mi vida. Clara siempre me pareció una persona muy especial y es uno de mis grandes secretos hasta hoy.

-¿Cuál es tu plan ahora?

-En realidad ninguno, por eso estoy aquí. ¿Propones algo tú? —dijo Carmelia en un tono serio.

-No, en lo absoluto…estaba bromeando.

-Clara fue la primera persona que me habló de la importancia de meditar. Ella está segura de que es la única fuente mediante la cual las personas podemos encontrar respuestas acerca de nosotros mismos, de todo aquello que nos mueve, nos impulsa, y lo que nos frena.

-¿Y tú, qué piensas?

-No sé, pienso que el mundo tiene sus elegidos y yo por más que lo intente sentir no soy parte de ellos.

-¿Por qué lo dices?

-Mi mente me transporta todos los días a un mundo de otra dimensión. Visito lugares llenos de colores y otros vacíos de forma. Durante los últimos días, siempre voy a un lugar blanco lleno de luz, y veo una botella con un hombre adentro, pero no alcanzo a reconocer su rostro.

-Suena muy interesante, suenas como una elegida.

Carmelia continúo su relato sin escuchar.

-Algo me dice que necesita que yo lo rescate, pero el viento sopla contra mí y es como si caminara sobre el mismo punto, no logro acercarme para ver claramente su rostro.

-¿Tienes alguna idea de quién sea?

-Clara dice que puede ser mi alma gemela. Que todos tenemos una y tal vez la mía esté enfrascada y esa sea la causa de mi sufrimiento, y lo que es peor, un sufrimiento mutuo.

-Quizá sea yo.

Carmelia hizo otra pausa y lanzando un suspiro continúo:

-Por eso me quedo a tu lado Leonardo. Quiero saber el significado de tu presencia en mi vida.

-¿Crees que sea yo?

-En este momento…sí. Mira los acontecimientos. Todo es muy extraño para mí.

-Me siento enfrascado Carmelia, desde hace varios años…

Mi profesión es mi pasión y sería un error dejarla así como así, pero siento que no va para ningún lado y esa es la causa de mi frustración. Llevo años soñando con más, con publicar un libro, pero no me siento listo cada vez que lo intento. Ya tengo empezado un material pero cada obstáculo en mi vida, cada pausa o derrota emocional, termina robándoseme las energías de luchar por mi supuesto "Más Grande Sueño", entonces el dichoso material termina pagando los platos rotos y lo abandono. Luego me siento aún peor cuando me culpo por mi cobardía y termino perdiendo toda motivación por vivir…Yo también mantengo tratando de escapar de mí mismo.

…hmmm…Carmelia -Leonardo tomó las manos de ella-. La sola idea de pensarte como mi Aladino que viene a liberarme de la botella, me hace reevaluar toda mi vida y me inspira tres deseos por pedir. Uno: tener fe y continuar mi libro hasta terminar. Dos: encontrar mi alma gemela. Tres: que estos mismos deseos se cumplan para ti.

-Seguiré meditando. Es lo único que tengo por ahora.

-Comparte conmigo lo que vez en el más allá -le pidió Leonardo con el alma llena de anhelos.

-¿A qué te refieres?

-Tal vez si compartes conmigo algunas de esas experiencias maravillosas que tú aún no alcanzas a comprender, podamos buscarle un significado juntos, mientras me ayudas a mí a inspirarme con aquel relato de tus cuentos del más allá. Es lo que se me ocurre para tratar de descubrir que significa el habernos encontrado.

-¿Y por qué querría yo publicarte mis sueños?

-Esa iba a ser mi siguiente pregunta para ti. Pero supongo que la respuesta ya es obvia con tu estadía.

Además, no se trata simplemente de publicar tu vida, se trata de recolectar un material importantísimo e incomprendido por los dos. Estoy seguro que tus personajes son protagónicos de personalidades extremas que luchan por encontrar la misión de su existir, y al encontrarla, sus caminos pueden servir como libro de recetas para aquellos que quieren también emprender ese mismo viaje de auto-descubrimiento.

-Clara siempre me recomienda llevar un libro de apuntes sobre todo lo que veo y siento en mis sueños.

-Una vez leí un libro del autor Cabalista, Michael Berg, en el que cuenta haber sido muy indisciplinado en su niñez, hasta que una tarde después del colegio, llegó a casa y fue directo a su habitación como de costumbre, cuando escuchó a sus padres discutir desde la otra habitación debido de los errores que se culpaban sobre la crianza de su hijo. También escuchó la frustración de ambos por creer que su hijo iba a fracasar en la vida y ellos no siempre iban a estar allí para evitarlo. El evidente dolor de sus padres lo hizo reflexionar e imaginó el famoso día del juicio después de la muerte, parado frente a un Dios inmenso que chuleaba los puntos cumplidos de una lista de responsabilidades asignadas a cada ser humano de su creación. Dios le preguntaba: ¿Dónde están los dos libros que le corresponde escribir a cada hombre? Y él no tenía nada y se avergonzó con su respuesta. Entonces decidió desde ese día no dejar que la muerte, tal como la mayoría que la gente la conocemos, le llegará sin antes escribir su libro o sin completar cualquiera que fuera su deber. Su reflexión también fue la mía, y fue en ese entonces cuando empecé a escribir mi libro, y espero con esto también impulsarte a que tú luches por cumplir todo lo que te corresponde. Empecémoslo juntos.

-Me encanta.

-A mí también. Suena fascinante ser tu alma gemela.

-No te burles.

Rompieron los dos en una carcajada al unísono de sus almas y en un mismo aliento se entregaron a la libertad de embarcarse sin prejuicios en la primera conversación en aquel nuevo hogar. Hablaron y bromearon hasta el amanecer sin ni siquiera acordarse de beber un vaso de agua. La noche habría de sorprenderlos juntos sobre el mismo sofá agotados por la descarga de sus sueños compartidos. Muy temprano en la madrugada, Carmelia despertó casi sin aire después de ver nuevamente al hombrecito palpando el cristal que lo embotellaba, pero esta vez, con un poco más de luz iluminándole el rostro, aunque no suficiente para identificarlo, pero si para descartar la idea de que se tratara del hombre que tenía acostado sobre su hombro. Sintió entonces el miedo de la indecisión una vez más. Se paró del sofá como un disparo e hizo el amague de salir del apartamento, pero justo antes de cruzar la puerta de salida hizo un repaso visual y emocional de las últimas horas de su vida y temió que el verdadero error fuera abandonarlo todo sin antes explorarlo hasta el final. Aquellos arranques de indecisión la estaban volviendo loca. Carmelia levantó su mirada y rogó al cielo que le regalara un poco de paz, entonces su cuerpo mecánicamente la condujo hacia los cajones de la cocina, poniendo en su camino un cuaderno y un lápiz para de una vez por todas seguir el consejo de su queridísima amiga y liberar cada uno de los pensamientos que atravesaban su mente y corazón. Hizo de un nudo de inconcretas ideas, la silueta de una corta historieta de amor a primera vista, en la que Leo y ella eran protagonistas. Se burló en silencio de su propia picardía y de la poderosísima arma que acaba de descubrir en sus instintos, de la maravillosa capacidad de volar en ensueños, abandonándolo todo sin miedos. Volvió a posicionarse junto Leonardo, quien aún se hallaba dormido hasta que su respiración se fue regulando con la de él hasta dormirse también. Leo abrió los ojos y al ver a Carmelia dormir apacible, se sintió inundado por una felicidad a la que él también era ajeno desde hacía ya mucho tiempo pero que siempre fue manchada por gotas de indecisión. La contempló por horas enteras, se enamoró de su belleza mortal y su aura, y rogó silencioso a los cielos que nunca se fuera de su lado. La curiosidad de vivir la vida a su lado se hizo gigante durante el transcurso de la noche hasta el amanecer. Así transcurrió su primera noche juntos, tomando turnos para dudar de sus actos y cuando uno se empezaba a sentir cómodo, el otro entraba en la indecisión, pero al final, ninguno de los dos abandonaba la aventura. Carmelia sólo salía de la casa para ir a su visita cotidiana donde Clara a su sesión de yoga. Una tarde, cuando Carmelia regresó a casa se encontró con la sorpresa de una sala repleta de cajas envueltas en papeles de colores y todas decoradas con un moño hecho de cinta blanca que llevaba grabado "Alma Gemela". Carmelia levantó la mirada y vio a Leonardo parado al final del pasillo indicándole con una sonrisa en los labios y brazos abiertos que todo aquello era para ella. Ella, por su lado, no pudo evitar sobresaltarse tal como acostumbraba en los tiempos de protocolo de los seres que se frenan ante las ideas descabelladas, pero después en su intento por recobrar la calma, se dio a la tarea de destapar uno a uno sin lanzar ni una palabra ni una mirada de agradecimiento, aunque Leonardo por su parte tampoco las esperaba pues ya se empezaba a acostumbrar a su manera cautelosa y analítica de quererlo razonar todo cuando era obvio que no estaba en su naturaleza.

Cada una de las cajas contenía un conjunto completo de vestir, desde zapatos hasta accesorios para combinar, todo aquello era suficiente para llenar un armario de cosas nuevas. Carmelia se retiró a la habitación que había tomado como suya, la cual estaba ubicada puerta a puerta con la habitación de Leonardo, se sentía vacía de palabras, pensamientos y sensaciones. Ella no estaba acostumbrada a que le regalaran cosas especialmente tan personales y en tal cantidad. Revivió en ella el sentimiento vago de dudar sobre el oficio y la integridad de Leo, pero sacudió aquellos miedos de su cabeza para no atraer negatividad en lo que ya era una decisión tomada. Encendió palitos de incienso en todas las esquinas de la habitación e hizo gran esfuerzo por aquietar su mente y por primera vez se concentró en meditación como práctica personal. Contó inhalaciones hasta llegar a diez peleando constantemente con la deficiencia de su concentración, hasta que logró ser libre de deseos y preocupaciones. Sintió un voltaje de calor acelerando cada una de sus células hasta producir una explosión que la expulsó fuera de su propio cuerpo y por primera vez se vio a sí misma sentada inmóvil mientras otra parte de sí volaba libre del forro de la piel.

No supo qué hacer ni cómo conducir su cuerpo por el espacio sin límites, tan sólo pudo quedar perpleja, contemplándose como una muñeca de juguete diminuta ante el universo. Volvió a incorporarse pero sin tener ningún dominio sobre su cuerpo hasta la mañana siguiente.

Al despertar el día brillaba con esplendor y promesas. Se levantó antes que Leo y preparó un desayuno delicioso para los dos. Carmelia era de poco apetito pero muy amante a la comida casera, así que cocinó huevos revueltos, tostadas con mantequilla, chocolate batido, y ensalada de frutas con crema de leche para tratar de cubrir cualquier posible antojo. Le llevó el desayuno a la cama y en el bolsillo una casetera que le daría como respuesta a su propuesta de empezar el rodaje y escribir los sueños rumbo a la realización de una misión compartida. Se trataba de la primera pieza del rompecabezas que habría de unirlos para siempre bajo el título de almas gemelas, tal vez en las líneas de un cuento de ficción o tal vez en la posibilidad de descubrir que ambos se habían equivocado al escoger permanecer unidos.

AMOR QUE NO PASA DE MODA

María del Mar y Agustino Sambrano morían de amor el uno por el otro. En un pueblo tan pequeño, un amor tan grande era bendición y esperanza de una tradición que continúa. Las familias del pueblo se conocían tan bien que era posible imaginar y predecir el futuro de las futuras parejas, incluso hasta antes de sus nacimientos. No existieron nunca aquellas fuerzas externas que intentan destruir el amor en telenovelas, y las predicciones de las comadres eran más precias que todas esas páginas cibernéticas que juran hacer un estudio profundo de las personalidades de los concursantes para juntarlos en uniones perfectas. El amor de María del Mar y Agustino era aprobado por el pueblo entero. Desde los ocho años los dos vecinitos iban de voluntarios amablemente por cuanto mandado a la casa del otro con tal de echarse un vistazo y sonrisas. En secreto llevaban festividades privadas como excusa de sus ganas ya ardientes de celebrar estar juntos, celebraban así el bautizo de insectos y animalitos que adoptaban de las calles como sus mascotas. Tanto los padres de él como los de ella contemplaban absurdamente chochos al par de muchachitos que jugaban a ser pareja desde la niñez, y que si las cosas continuaban bien, se ahorrarían un monto de dolores de cabeza que llegan normalmente con el temor de que los hijos se enamoren de quien sabe que holgazán o mujerzuela. Así como los buenos tiempos se pasan volando, así también pasaron los años de infancia y adolescencia para los jóvenes amantes, que tan pronto tuvieron la edad suficiente para declararse amor sin ser tomados en burla, lo hicieron con los pantalones bien puestos. Aquello fue un gran alivio para los padres de ambos que tenían su fe puesta en ello, así como los sacerdotes de la parroquia, las vecinas del pueblo, y el corazoncito de él y ella que ya no soportaban más espera. Pues siete años no son pocos cuando se tiene tanta urgencia por probar los besos de la persona de tus sueños, y la urgencia de sentir sus manos tocando y recorriendo los cuerpos. El primer adelanto fue un día antes de que ella cumpliera sus quince años, Agustino la visitó muy temprano en la mañana y se escondió detrás de la choza de gallinas, llevaba su mejor camisa e iba bañado en el perfume de la botella más llamativa que encontró en el gabinete del baño de su padre, y después de ensayar unas cuantas declaraciones de amor que había aprendido espiando a las parejas en los rincones del pueblo, esperó el momento que María del Mar se agachó para recoger los huevos, y caminó de puntitas hasta un paso detrás del cuerpo de ella, le tapó la boca con una mano, y con la otra rodeó su cintura sin pudor mientras la conducía en un giro que los hizo quedar frente a frente. Para ese entonces se olvidó completamente de los ensayos y supuestas declaraciones de amor. María del Mar nunca antes había sentido tan cerca el tacto de un hombre, incluyendo pues, las muchas caricias que ya se había imaginado de él, pero nunca sintiéndose completamente preparada para hacerlas realidad. De hecho no sólo había fantaseado con Agustino, sino también con Gerónimo, un joven músico, hijo de otra vecina, a quien el pueblo entero admiraba por su talento y hermosa voz, pero condenado por las lenguas a la absoluta locura porque tenía la certeza de que algún día llegaría a tocar su guitarra frente al Papa. Cuando sintió su cuerpo completamente presionado al de Agustino, su mente paró de fantasear y su corazón se desató a palpitar incontrolablemente de los nervios. La tomó por el mentón y acomodó su rostro en el ángulo preciso para encajar sus labios con los de ella, y éstos se tocaron por primera vez dando paso al destino. No hubo ni un sólo día a partir de ése en el que sus labios no siguieran el mismo ritual, acompañados por caricias que escalaban en pasión. Día tras día, los amantes añadían dedos resbalándose sobre sus espaldas, agregando gemidos y saboreos, aprendiendo a jugar con miradas antes y después de cada beso, comunicándose sin palabras en el lenguaje del amor. Fueron agudizando sus cinco sentidos hasta alcanzar un sexto sentido en el que se intuían pensamientos e intenciones. Sus cuerpos aprendieron a llevar el compás del cuerpo del otro, y un atardecer, invadidos de pasión y fuego, se arrancaron la ropa y descubrieron un amor penetrante mientras se fundían en un solo cuerpo. Con tanta precisión, era justo soñar que si algún día tenían hijos, estos contarían con el gran don de gozar de un amor también perfecto como el de ellos, o por los menos así se podría asumir en aquellos tiempos de supersticiones y habladurías.

Transcurrieron siete meses hasta que un día al fin, Agustino se amarró bien los pantalones y a la sorpresa de María del Mar, pidió su mano en matrimonio, durante un almuerzo común. Se casaron la mañana de un 27 de Julio. El pueblo entero participó preparando platos típicos y la festividad duró hasta el amanecer. Transcurrieron ocho meses para que la pareja recibiera la noticia de la llegada de su primera hija. Sus vidas ahora daban paso al inicio de un hogar. Esperaban la llegada de su primera hija para mediados de diciembre, como regalo del cielo en una navidad que tomaban lugar en sus corazones. El nombre de la bebé sería Soledad, ella sería bendecida con la vara de firmeza y valor que enseñaría a los otros pequeños que Dios sintiera necesarios para bendecir aquel hogar.

El tiempo transcurría rápido, y más para una pareja de recién casados que en aquellos tiempos apenas era como estrenar el sentido de la libertad. Por primera vez en sus vidas, tomaban decisiones propias. Luego llegó el nacimiento de la hermosísima y valiente Soledad. La consintieron como a una reina, pues era ella la nieta primogénita en la familia de ambos. Desde la primera vez que rompió en un resonante chillido para que le dieran un relojito de arena que estaba a la vista, para después estrellarlo contra el piso y partirlo en mil pedazos, su llanto fue comando a seguir en el hogar. Agustino dio órdenes exactas de complacerla en todo, y todos especialmente María del Mar, lo hacían rigurosamente. Al cabo de su primer añito ya era una maestra en delegar sus urgencias.

Un mes antes de que cumpliera su primer un año, sus padres tuvieron que apresurar los preparativos para el bautizo, pues era preciso evitar que alguna entidad maligna, incluyendo el mismo Satanás, quisiera apoderarse de la criaturita al enterarse que la puerta del santísimo sacramento del bautismo aún estaba sin sellar.

Se podría decir que el pueblo entero madrugó para el día del bautizo. La ceremonia empezó a las 7:30 de la mañana. Todos los invitados habían dejado sus trajes planchados, zapatos lustrados y demás accesorios listos desde la noche anterior para evitar algún retraso al evento que de no ser porque ya había terminado el tiempo de la monarquía, sería el bautizo de la princesa del Valle por voto popular. No era día para quedarse quieto, de lo contrario, todos querían lucir sus mejores pintas domingueras. La única que parecía mostrar poco entusiasmo era María del Mar y justamente se ganó las críticas esquineras de todos los invitados y agregados. La niña vestía un vestido blanco hermosísimo decorado con perlas. Hizo su primera aparición desde el balcón y todos aplaudieron y se unieron en procesión hasta la puerta de la parroquia.

Los muchos sentimientos provocados por la belleza y elegancia de aquel tiempo colonial hicieron brotar en Carmelia pequeñas lágrimas dulces y luminosas que se le escapaban por la esquina de sus parpados cerrados y viajaban en caída por la redondez de sus mejillas. Era la primera vez que sus sueños la hacían viajar por el tiempo para ser testigo de la nobleza de sus antepasados. Era como estar allí celebrando con todos. Veía cómo rodaba el aguardiente y rodaban las carcajadas y murmullos de la gente. A la única que había perdido de vista era a María del Mar, quien seguramente estaba agotada por los preparativos de aquella fiesta. Pudo ver el transcurso del día como si viviera hora tras hora y sin dar saltos aquel día tan lejano en el pasado, y vio cómo al caer la noche, la fiesta casi termina con un desmayo repentino y alarmante de María del Mar, quien había pasado tantas horas perdida que ya nadie se acordaba de ella sino hasta el momento que su cuerpo retumbó contra el suelo. Y es que al caer seca contra el pavimento era más lógico que los invitados se marcharan en vez de amañarse, pero tan pronto se supo el motivo de su malestar, que se supo por el rápido diagnóstico del señor doctor al que halaron de la camisa mientras bailaba gozoso para que atendiera a la doña, todos tuvieron una razón más para quedarse a festejar otro ratico. Agustino siguió brindando sus ronditas de aguardiente mientras el médico seguía gritando a los cuatro vientos: "Como que en un año se repite la fiesta", después de anunciarle a la multitud: "Felicidades a María del Mar y Agustino que esperan otro bebé". Sin ni siquiera un minuto de silencio para asimilar la noticia, la multitud estalló en silbidos, gritos y aplausos, y así fue como la celebración de dos días se convirtió en tres.

Las revelaciones de Carmelia duraron los tres días más que duró la fiesta. Era un sueño que la consumía y enredaba con el fluir de las horas. Era la primera vez que experimentaba algo así y le fascinaba, pues la espontaneidad y naturaleza de todas aquellas personas allí, tenían tanto parecer a sus propios rasgos físicos y una historia tan parecida a lo que conocía por sus abuelos, que le fascinaba viajar hasta esos momento. Cada vez que habría los ojos deseaba no estar mucho tiempo despierta para no perder el hilo de la vida que ahí estaba viviendo, las casas que estaba visitando, la gente que ya sentía conocer, aquel mundo que se convertía más en su mundo que el mundo de sus ojos abiertos. Al fin y al cabo, pensaba, había tratado de huir de su propia existencia no hacía mucho tiempo. Aunque Leonardo fuera falso y sus planes la decepcionaran, los dotes de volar en sus sueños ya eran una gran ventana de escape. Él, por su parte, la contemplaba enamorado y ya se estaba acostumbrando a complacer todos sus caprichos y mantener té de valeriana preparado para cuando ella regresaba, sin presionarla por detalles, él sólo le servía su té caliente y prendía las barritas de incienso de salvia para que ella se fuera por más detalles a aquel tiempo de la juventud de sus abuelos y vida colonial.

Otra vez al cerrar los ojos…cuando todos se fueron a sus casas y no quedó rastro de fiesta, Agustino pudo por fin dormir con el rostro pegado sobre el vientre de su mujer, mientras Soledad dormía al otro costado. La familia de cuatro gozaba de dulces sueños y días felices. Agustino gozaba con la idea de ofrecer a su amada un amor libre de convenciones y tradicional machismo, para empezar, fue él quien se hizo responsable de los quehaceres de la cocina, además la sazón de ella necesitaba un entrenamiento intensivo. Justo cuando pensaban que el entrenamiento daba por concluido y ella empezaba a preparar deliciosas sopas y guisos, tuvieron la noticia de un segundo embarazo, anulando así toda posibilidad de que se hiciera cargo de la cocina, pues a él le atormentaba la idea de exponer a su amada a tareas rigurosas, olores fuertes como el ajo y la cebolla, o ruidos perturbadores. Soledad estaba ansiosa por conocer a su hermana, con la certeza de que sería una hermosa niña y sería amada por todos, pero contaba también con un extraño sentimiento escondido de que aunque la llegara a amar mucho nunca le permitiría que la nueva bebé sobrepasara su belleza. Soledad le pidió a su madre que le hiciera el vestido más lindo de princesa para estrenar el día que naciera su hermanita Sofía. Para recibirla, hizo una bella corona con rosas que cortó del jardín para coronarse frente a ella. La idea de los preparativos para recibirla enternecieron a todos los adultos de las dos familias pues nadie hubiera sospechado rastro de celos por parte de la pequeña, como tampoco lo sospecharon durante todos los años hasta el final de la adolescencia.

Las dos hermanas jugaban y compartían todo lo que tenían, que no era mucho, pues para empezar, en aquellos tiempos el mercado ofrecía lo que satisfacía la necesidad, no tantos antojos que existen hoy en día. Ambas crecían y se convertían en hermosas señoritas que se robaban las miradas de todos quienes cruzaban su camino. Sofía se destacaba por una belleza sencilla y natural mientras Soledad era indiscutiblemente bella, tenía una piel blanca y tersa, de mejillas rosadas, cabello castaño casi rojizo y unos ojos miel verdosos. Sofía, aunque parecida a su hermana, carecía de la perspicacia apetecida por los caballeros de esos tiempos de tabú. El pueblo se refería a ella como las gemelas Sambrano, pues como concluyeron los chismosos vulgares después de tener tiempo para reflexionar con cabeza fría sobre la cadena de sucesos que anunciaron la noticia del segundo embarazo, las dos niñas se venían "oliendo los pedos", y con ese simple comentario todos en el pueblo morían de risa. En Marzo de 1938 llegó al valle una embarcación de marineros con los hombres más guapos que jamás hubieron llegado a aquel pueblo. Todas las muchachas morían por ellos, Soledad les coqueteaba con el disimulo de su gran elegancia, mientras Sofía por ser más graciosa y espontánea se embarcaba fácilmente en largas conversaciones con los jóvenes marinos, pues llevaba una amabilidad preciada en las venas. Con personalidades tan opuestas, las hermanitas eran siempre blanco de dichos que se convertían en chistes de uso popular como el vulgar refrán de "Sofía lo fía, Soledad lo da" y más tarde con el nacimiento de las tercera princesa Sambrano, la más audaz de las tres, se aumentaron las risas y habladurías con "...Susana, lo gana". Nunca les faltaron los halagos pues su belleza se iba refinando con el pasar de los meses y los años. Sin embargo, el hombre que se les robaría el corazón no era ni el más joven, ni el más atractivo; todo lo contrario, era un hombre comprometido, Raúl de Robles.

Soledad sintió amor por aquel hombre que le doblaba la edad desde el primer instante que lo conoció. Raúl era un experto en ocultar su experiencia perspicaz con una ingenuidad casi juvenil, capaz de borrar la distancia de los años. Por más habladurías que hubieran en el pueblo, siempre se tenía presente que las hijas Sambrano eran producto de la unión inmaculada y amor eterno entre los dos hijos de las dos familias más destacadas, así que no pasaban de ser más que habladurías. Además Raúl de Robles supo diluir las pequeñas acusaciones en su contra con la evidente respuesta de la gran diferencia de edad y un supuesto temor a convertirse en un viejo verde. Su sutileza compraba la tranquilidad de todas aquellas mujeres que confiaban en sus juramentos de amor eterno y él sabía aprovechar muy bien el tiempo y hacía de las suyas sin necesidad de ir tan lejos.

A pesar de los celos innatos de Soledad, las hermanitas parecían irradiar un amor natural entre ellas, hasta el punto que si hubieran tenido que enfrentarse a la ocasión de tener que dar la vida por la otra, parecía indudable que lo hubieran hecho sin pensarlo dos veces. Pero la verdad era que en cuestiones del corazón, sabían también de una manera muy natural que no podrían ser confidentes, lo cual sirvió como otro de los factores tremendamente adecuados para que Raúl de Robles conquistara el corazón de ambas sin que ellas se enteraran de ello. Pronto empezaron las sospechas en la familia de que Sofía, quien poco sabía disimular sus sentimientos, suspiraba silenciosa por alguien, pero como su secretismo era predominante en todos los aspectos de su vida, nadie se preocupó mucho por averiguarlo, pues era especialmente buena en guardar secretos y sabían que era mejor darse por vencidos antes de comenzar a indagar. Para sus padres y demás ya era suficiente con creer que la amable y noble Sofía no pensaba dedicar su vida al servicio de los enfermos viviendo en un convento. Soledad, en cambio, siempre fue muy abierta en sus asuntos personales, y si en el momento no demostraba estar involucrada con alguien, era seguramente porque no lo estaba. Raúl de Robles entonces seguía enamorándola en los ratos del día, todos los días, mientras en las noches Sofía escapaba en medio de la oscuridad para gozar de los momentos más románticos junto a él, el único capaz de robarse su corazón noche tras noche. Raúl era sin duda el príncipe azul de ambas hermanitas y era un hombre ilustre en el pueblo, el partido perfecto para las mujeres dos generaciones atrás. Él no se atrevió a confiarle a nadie su delito pues la magnitud del chisme no hubiera durando ni un solo día en secreto.

Carmelia empezaba a vivir en carne propia el sentir de todas aquellas personas de sus antepasados. Ya llevaba dos semanas viviendo más en su retrospección que en movimiento. Su preferencia con cada uno de ellos cambiaba constantemente y a veces no sabía cuál de todos esos personajes era el que debía comprender para entenderse a sí misma. Lo que sí empezaba a entender era que el amar a un mismo hombre en común, habría de ser la prueba más difícil entre dos hermanas que por desgracia no habían heredado la sanidad y bendición de un amor puro como el de sus padres María del Mar y Agustino. Lo que si habían heredado era el afán de sentir los abrazos, lo cual le apresuró a Soledad la noticia de un inesperado embarazo que aunque rompió mil corazones contando el de Sofía y desencadenó todas las habladurías suprimidas de los últimos meses, no fue calamidad suficientemente fuerte como para hacer que Sofía pusiera fin a su pecado y plantara los pies sobre la tierra. Así que como era de esperarse, ocho meses después Sofía quedó en embarazo por no haber tenido la fortaleza de ponerle fin a las noches con Raúl incluso cuando su propia hermana llevaba un hijo suyo en el vientre. Sofía presintió el diagnostico de su embarazo desde el mismo instante de su concepción y otra vez el pueblo veía el fenómeno de dos criaturitas que se venían "oliendo los pedos". Como era ya de esperarse por su historial de falta de caballería, Raúl abandonó a su segunda amante de la misma manera que abandono a la primera, dejando a las dos hermanas con el destino de ser madres solteras al menos hasta que les llegara la fortuna de encontrar un caballero tan gentil que no le importara responsabilizarse de hijos ajenos. Lo que era más sorprendente todavía, era que allí no terminaron las andanzas del príncipe azul, pues pronto volvió a salir en público con su esposa para al poco tiempo volverla a abandonarla por una joven más joven que las hermanitas Sambrano.

Soledad dio a luz a Matías, un niño de facciones perfectas casi afeminadas. Tan pronto el pequeñito empezó a desenvolverse en la casa de sus abuelos con llantos, carcajadas y payasadas, la vida de todos, en especial de Soledad, volvió a recuperar el brillo que había perdido. Otra vez llamaba la atención de todos los galanes del pueblo. Julián Benítez, uno de los jóvenes más atractivos y de su misma edad, se enamoró de su belleza, de su historia y de

Matías, y se supo ganar su corazón, rescatándola de la desesperanza y por fin brindándole la oportunidad de ser parte de la sociedad de mujeres casadas que conformaban las familias respetables del pueblo. Sofía tuvo una niña preciosa a quien llamó Fátima, la niña casi ni lloraba, era calmada y parecía haber nacido con actitudes más de viejita que de una bebé, hasta su nombre al mencionarse daba la impresión de estar hablando a cerca de una abuela. Sofía también rezaba por correr con la misma fortuna de su hermana a la que la vida le cambió después de ser víctima de tan gran decepción de amor y abandono. Oraba a Dios todos las noches para que llegara "más tarde que nunca" el día de su suerte, pero se olvidaba incluir en sus oraciones a la hermosa y humilde Fátima, y la niña a su vez con su silencio no recordaba a nadie de su existencia. Un día, más por compromiso social que por amor, Sofía encontró con quien formar un hogar estable, pero que para nada incluía un poquito de amor para su pequeña niña Fátima o su participación como miembro de aquel hogar. Tan pronto anunciaron la noticia de un matrimonio apresurado, los siempre fiel par de viejos María del Mar y Agustino arrebataron a la pequeña Fátima del cuidado de Sofía, ellos sabían que en su afán por cuidar su suerte lo último que le preocupaba era el bienestar de Fátima, entonces propusieron criarla como a su propia hija y desde ese día en adelante poco se supo de Sofía en la vieja casa. Incluso con el tiempo, se hicieron más filudos los celos entre las dos hermanas, hasta el punto de prohibirle cada una a sus maridos acercarse o preguntar por la otra, pues cada una había nutrido una idea fuerte en mente y corazón que había sido culpa de la otra que sin escrúpulos se había entrometido en la relación con Raúl de Robles y por eso, él nunca se vio en la obligación o tomó el tiempo para valorarla, es decir, a la una o a la otra. Obviamente para evitar que aquel drama se repitiera, optaron por querer olvidarse de la existencia de tener hermanas, hasta Susana pagó los platos rotos, por consiguiente eligieron olvidarse también de la hermosísima historia de amor perfecto que las trajo a la vida.

A pesar de la distancia entre hermanas, Matías, el hijo de Soledad, y Fátima desarrollaron un amor clandestino más de hermanos que de primos pero limitado a las pocas veces que se podían ver en la casa de sus abuelos. Los niños contaban con suertes muy distintas, Matías tenía un hogar, aunque a muy temprana edad y con poco entendimiento conoció la historia de su padre, y quizá por tal, quería tanto a Fátima, su prima y hermana a la vez. Fátima por su parte heredó la humildad característica de su madre en la niñez, y hasta la manifestaba en niveles más elevados. Aprendió desde muy corta edad a adorar la vida con todos sus errores, y más aún sus alegrías, pues veía a través de los ojos de la fortaleza y el amor. El par de viejos seguían siendo un ejemplo de amor y vida aun cuando sus dos hijas, ¿quién lo hubiera imaginado?, aniquilaban la pureza de tantas suposiciones y terminaron siendo enemigas en el camino, abandonándolos a ellos y a la pequeña Fátima.

Algún tiempo después y tras de muchos días de encierro y sueños, Carmelia se consumió en la historia de sus viejos más que en la historia de sus días. Leonardo dejaba de ser un estorbo y una incertidumbre para pasar a ser el eje permanente de quien sería un Agustino de los tiempos modernos, de su vida real.

Soledad tuvo cuatro hijos más dentro del matrimonio, los cuales fueron estrictamente entrenados por ella misma a no bridar saludos ni sonrisas a Fátima. Sólo la ironía de la vida supo remediar aquellas reglas locas. En los ojos de Soledad, Fátima era hija de la desgracia y la traición, una hija bastarda a la que nadie, ni su madre quiso reconocer, aseguraba que los únicos que podrían amarla eran el par de viejos de aquella naturaleza legendaria de amor puro. Sofía tuvo otros seis hijos, los cuales recibieron todo el cuidado y la atención que les pudo dar. Lo que ninguna de las dos hermanas predijeron era que los rencores infundidos tomaran un rumbo diferente cuando sus hijos, doce en total, aprendieran a quererse como hermanos sin importarles nada. Los años pasaron y el amor de los abuelos María del Mar y Agustino fue una vez más latente. Los diez nietos contaban con la fortuna de gestar en sus corazones amor para dar y recibir, lo que para Soledad y Sofía fue una gran incapacidad que no cesó sino con el último aliento de sus padres en el lecho de la muerte al pronunciar las palabras que no venían de la muerte sino del más allá, siendo conscientes de la posibilidad de que su amor no muriera con sus cuerpos y prometiéndose el uno al otro, entre suspiros, el orar a Dios desde el más allá, al partir de la tierra, desde el lugar que Dios mismo asignara, para que al regresar, tuvieran la fortuna de que la próxima vez que encarnaran, en cualquier época o lugar, pudiesen volver a gozar del amor que ya habían sembrado y vivido en su nombre, agradecidos, y que sus almas permanecieran por siempre juntas. El perdón de hermanas ya viejas, sobrevino naturalmente al escuchar las palabras de su madre:

"Hijas mías, ustedes son el fruto y la personificación del amor mismo, nunca lo supieron pero nosotros supimos sobre sus destinos antes de sus nacimientos. El mundo y sus indicios tuvieron éxito en el trabajo de separarlas y ustedes olvidaron la belleza del amor que las une en sangre. Ahora faltaremos los dos, pero Dios siempre quedará, mientras nosotros tarde o temprano regresemos a este mundo para seguir aprendiendo. Deseamos que tanto en el presente de ustedes como en el futuro de nosotros exista un lugar apto para gozar de un amor tan grande o mayor como el que nosotros gozamos durante todos estos años. Un amor que sólo dejamos en la tierra con el existir de ustedes, el fruto de nuestro amor..."

-Hijas mías, las amo -dijo Agustino entre suspiros y voltcando la cabeza hacia María del Mar, todavía enamorado-. Mujer te buscaré en el futuro para amarte por siempre -y las palabras se plasmaron en el tiempo.

Las imágenes vibraban al ritmo desordenado de sus parpados, el poder del momento la hizo despertar y así concluyó su primer más grande descubrimiento. Mientras sus ojos filtraban rayos de luces del sol de la mañana que se colaba por la ventana, su mente intentaba descifrar el lugar exacto en el que se encontraba. Carmelia tenía la sensación de estar entre dos mundos. La luz sólo dejaba al descubierto la forma de la única persona que había permanecido a su lado durante sus días de sueño, pero que por alguna misteriosa razón tanto para Leonardo como para ella, Carmelia no parecía reconocer, ni recordar por qué estaban solos en aquella casa. ¿Quién será ese hombre que mira mientras duermo?, pensaba… mientras luchaba con la extraña sensación de haber despertado después de un viaje realizado quizá en la compañía de aquel individuo, como si él hubiera llegado horas antes que ella y la estuviera esperando pacientemente. Ante tanta incertidumbre no supo si empezar a relatar su delirio o si callar. Sintió que ahora si se trataba de unos cuantos tornillos flojos en su cabeza. Se sentía más loca que nunca.

-Y bien, ¿cómo se siente estar de regreso? -la voz de aquel hombre frente a ella interrumpió bruscamente la procesión de sus pensamientos.

Carmelia prefirió guardar silencio mientras lo acuchillaba con la mirada hasta que de repente como a quien se le prende la luz del entendimiento, vino a su recuerdo su historia con Leonardo, o mejor dicho su Agustino, e inmediatamente sintió amor por él.

-Bien -dijo entre sollozos-, creo que he viajado en el tiempo.

-Tal vez las respuestas están en otros tiempos -respondió él.

-¿Empezamos a escribir?

-Empecemos -asintió enamorado.

Carmelia empezó a narrar paso a paso toda su vivencia. Acababa de tener el privilegio de ver el mundo vivo de sus raíces en su pantalla mental. No conocía en vida a ninguno de los personajes de su historia pero debido a un extraño sentimiento de familiaridad ya sentía conocerlos muy de cerca, recordaba cada uno de sus nombres y sus rostros y en especial sus más íntimas emociones con respecto a la vida, la muerte y el amor.

TODO TIENE SU RAZÓN DE SER

Todo tenía una razón de ser o por lo menos así lo empezaban a entender y creer Carmelia y Leonardo. El tiempo era sujeto al tiempo mismo si así se quería, y hasta se podía cambiar vidas enteras en un abrir y cerrar de ojos. Y en el cerrar de ojos transcurrían muchos años que parecían forjar la esencia de sus almas. Cada día adquiría mucho más sentido aunque aún ni él ni ella tenían la sabiduría suficiente para sacar de los sueños las respuestas que deseaban. Ella relataba y el escribía fascinado, era la primera vez en su vida que sentía realmente compartir sus sueños con alguien, y para mayor ironía, este alguien había llegado justo en el momento que se sentía casi muerta. Obvio que con el pasar de las horas y los días ya no eran tan extraños pero las circunstancias en las que se unieron siempre parecían soplar el aire de serlo, y silenciosamente esa idea también los fascinaba. El amor místico entre los dos crecía sin prejuicios y convencionalismos. Eran tan afortunados que hasta la mística misma y la clarividencia cooperaba con sus fantasías, viajando en sueños y en medio de relatos se hacían cómplices o intolerantes con algunos u otros personajes según se les iban revelando sus historias. Discutían brevemente sobre la manera que reaccionarían si hubiesen sido protagonistas de tales situaciones, ignorando muchas veces serlo realmente, en vidas pasadas. Carmelia, vivía encantada con Soledad, Sofía y Susana como si ellas fuesen sus propias hijas, y Sofía su niña consentida. Los relatos tomaban forma de novela con gran facilidad, lo cual explicaba la razón por la cual la vida de Leonardo adquiría cada vez más sentido, con la certeza de que esa mujer que soñaba frente a él, era nada más y nada menos que su alma gemela, su pareja ancestral, la mujer de sus sueños y sus días, su María del Mar en vida.

Carmelia estaba prendiendo vuelvo en un camino que no sólo la confrontaba a su mundo supuestamente consiente sino que penetraba a las profundidades de su inconsciente para robarse la luz de la sabiduría de los tiempos. De alguna manera un extraño presentimiento le daba la certeza de que la encrucijada de sus sueños escondía un pasado lleno de errores que forjaban el destino de su alma prisionera a buscar y encontrar siempre el sufrir. Clara ya le había hablado sobre las experiencias astrales como meta a llegar con la conciencia despierta pero Carmelia sólo conseguía asustarse y hasta dudar un poco sobre las creencias que habían mantenido durante todos los años de su vida, dudando del Dios que conocía hasta el momento, hasta criticarlo de ser un Dios en el que sólo creía por tradición. Reconocía que su Dios era falso en el sentido que nunca estuvo vivo en su corazón pues de lo contrario no hubiera pensado tantas veces en el suicidio. Ahora su Dios empezaba a nacer, otorgándole nuevas razones para vivir y soñar. Leonardo, por su parte, vivía fascinado con la idea de tener una psíquica paranormal en su propia casa.

El día que cumplieron cinco meses de vivir juntos y de noviazgo apresurado, ambos planearon millones de sorpresas del uno para el otro con el corazón desnudo, y el día transcurrió lleno de atenciones, pero el regalo más grande fue el que Leonardo mismo le pidió a Carmelia. Quería que ella invocara conocer su encarnación más reciente. Aquella noche las imágenes fueron estremecedoras, para las cuales él ya se había predispuesto a coger primer palco con papel y lápiz en mano. En el sueño tenía una hija pequeñita de unos seis años de edad, llamada Sofía, la pequeña era su amor más grande en el mundo entero. Ambas eran habitantes de un mundo perfecto donde el demostrar afecto era el arte más grande de todos los habitantes en cada momento. Lo triste era que las imágenes tomaban lugar no en el presente del sueño sino que eran imágenes que se mostraban atreves de un ventana que actuaba como pantalla de los ayeres mejores. En el tiempo presente, dentro del sueño se encontraba en una reunión de estudiantes de alguna escuela de creencias, discutían sobre la importancia de unificarse con la pureza de un principio de amor magnético generador de vida. Vio una mujer de cabello largo y liso junto a una ventana, su cabello se movía al ritmo de una brisa tranquila, la mujer le señalaba los puntos exactos en la que eventos específicos de esos ayeres habían enredado la vida de su hija hasta arrebatársela por completo. Esa era la razón por la que había asistido a aquella reunión, para entender en qué momento le había cambiado la vida y dónde había perdido a su pequeña Sofía. Dentro del sueño mismo, sintió mucha tristeza y deseos de llorar, y su cuerpo de carne sentado frente a Leonardo comenzó a temblar, dejando inevitablemente escapar lágrimas de sus ojos. El tiempo del presente, el pasado, y el pasado de la ventana parecieron tener una interconexión mística, lo cual sólo llegaría a entender mucho más adelante en la construcción de su obra mágica. El regalo no resultó como planeado pues Carmelia quedó completamente convencida de que el sueño traía revelaciones suyas propias y decidió ocultárselo todo a Leonardo, por lo menos hasta descifrar en algo el significado que escondía la pequeña Sofía. Al día siguiente cayó en un dormir sin sueños. En las horas de la madrugada hizo su más grande esfuerzo por recuperar las imágenes de aquella revelación hasta lograr revivir pequeños episodios sin secuencia que aunque parecían coincidir en el tiempo no mencionaban para nada a su hija Sofía.

Leonardo que nunca había sido alguien de disimular sentimientos estaba aprendiendo a la fuerza el arte de esconder la intriga y los celos de no poder derrumbar de una vez por todos las barreras de su misteriosa soñadora. Si Carmelia no se inmutaba por contar sus revelaciones, él no tenía más opción de hacer de cuenta que su extrañez no le incomodaba.

Un día, se vio en una casa grande de un ambiente muy familiar que reconoció como la casa de sus abuelos. Había mucha gente en la casa ocupando todos las habitaciones, los muebles, acostados en las camas, extendidos en cambuchos hecho por cobijas tiradas sobre el suelo, y entre toda la montonera de la sala, volvió a ver a Sofía junto a otra niña de su misma edad. Carmelia estaba pendiente de que su hija y su amiga se acostaran a dormir y no se quedaran recorriendo la casa a esas horas de la madrugada en la que sólo los borrachos que sobrevivían el cansancio permanecían despiertos después de la fiesta. Carmelia se acercó a las dos pequeñas, les advirtió que ya era hora de dormir, les echó la bendición, y se fue a dormir también. Después, impulsada por un instinto maternal, fue a la cocina a buscar un vaso de agua para asegurarse por última vez de que su hija y la amiguita hubieran obedecido a su advertencia, pero al pasar junto al lugar donde se suponían que dormían las niñas sólo vio la forma ondulada de un solo cuerpo debajo de las cobijas. Se acercó lentamente, levantó un poco la cobija y efectivamente faltaba su pequeña Sofía. En lugar de ira ante la desobediencia de su hija sintió que un frío helado le soplaba la espalda. Giró el cuerpo y caminó en puntitas para no ser escuchada por nadie hasta la última habitación de la casa aun cuando una corazonada le indicaba que su hija no se encontraba allí. Abrió la puerta sólo por descartar posibilidades, no vio a nadie, y su corazón multiplicó la velocidad de su palpitar. Volvió a girar su cuerpo para continuar su búsqueda y quedó frente a frente con la puerta del baño y el miedo la abrazó de nuevo en la oscuridad. Empujó la puerta lentamente y vio el cuadro aterrador de su pequeña Sofía parada indefensa en medio de tres jóvenes que intentaban abusar de ella. Los tres adolescentes soltaron a la pequeña que ni siquiera se quejaba con la actitud sumisa de una esclava ya sometida a abusos constantes. Carmelia sintió que los jóvenes levantaron su vista en busca de los ojos de ella sin miedo a enfrentarla y el tiempo pareció transcurrir en cámara lenta a causa de un miedo capaz de congelarlo todo.

-¿Qué están haciendo manada de desalmados, cómo pueden hacer algo así? -finalmente dijo con el alma hecha pedazos.

Sólo obtuvo cuatro ojos inyectados de cinismo al encuentro de los suyos como única respuesta a su pregunta.

Los agarró por el cuello y sintió cómo su cuerpo dentro del sueño crecía garras que se clavaban en el cuello de los dos que se habían atrevido a desafiarla con la mirada. Sintió un corazón salvaje que palpitaba en su interior mientras les sacaba sangre con sus garras.

-Les llamaré la policía. Esto no se quedara así. Pagarán con sangre este acto tan grande de maldad!

Entonces uno de ellos, el más cínico de los tres, se animó a hablar y dijo:

-No lo creo... No podréis hacer nada!

-Claro que sí podré. ¡Imbéciles! ¡Pagaran por su maldad!

-Sólo ponte a pensar -dijo el otro-, de aquí a que llegue la policía, y eso suponiendo que te dejemos llamar, ya los tres estaremos lejos de aquí y no podrás comprobar nada.

El corazón de Carmelia sintió encogerse pero su mente se llenó de valor por seguir luchando y no permitirse bajar la guardia ante la valentía del muchacho, aun presintiendo que su veredicto sonaba más acertado que sus ganas de hacer justicia.

-Se equivocan. ¡Claro que sí podré!

Al terminar de pronunciar esas palabras, un pensamiento distrajo su mente. Carmelia cayó repentinamente en cuenta de que el tercer muchacho nunca había levantado su mirada, no sabía quién era, y la atormentó la idea de que se tratara de alguien conocido quien habría de tener mayor cuidado. En ese mismo momento, un remolino de temores reabsorbió su alma de regreso a su cuerpo tendido en el sofá. Quiso mantener sus ojos cerrados para no perder el hilo de su revelación, todo lo que allí vivía era real y necesitaba cerrar la tragedia con justicia para poder respirar un aire de paz. Carmelia sintió la sed urgente de liberar y vengar el daño hecho a su princesa.

Un huracán de emociones inconcretas de vientos extraños la trajo de vuelta a casa, y su cuerpo físico empezó a sufrir los dolores del odio y la impotencia. Ese día Leonardo no estaba en casa y sintió el miedo de merecerse la soledad. Prendió sus velas aromáticas e inciensos e intentó consolarse a sí misma con la idea de que lo importante era haber sentido el valor de enfrentar la escena, no precisamente hacer justicia en ese momento. Permaneció inmóvil unos segundos tratando de recuperar la imagen, o quizá sólo por evadir lo que se sentía real, pero sus razones no sonaban suficientemente fuertes para tranquilizarse y el corazón se le carcomía de dolor. Nada parecía más fuerte que el gran vacío que le otorgaba la constante pérdida de Sofía. Entonces supo que ya era tarde. Ya había aprendido a amar tanto a la pequeña que a veces en las horas después del sueño se confundía y llamaba su nombre por los rincones de la casa con la esperanza que su dulce voz respondiera a su llamado. Le gustaba crear pequeñas circunstancias que imaginaba atraerían la presencia de la pequeña, excusas como: "Sofí la comida está servida" o "Vamos a jugar al parque princesa" y otros llamados a una vida cotidiana evidentemente falsa.

Ese fue quizá el sueño más claro y más traumatizante hasta al momento. Leonardo llegó tarde a casa aquel día pero los reclamos eran innecesarios e inoportunos. En vista de que tal vez su pareja hubiera perdido la fidelidad de velar sus sueños, Carmelia regresó a su costumbre de salir todas las tardes para encontrarse con Clara. Sabía que su queridísima amiga sería la única capaz de ayudarla a mantener la calma y entender un poco sus posibles revelaciones.

-Amiga estás temblando -exclamó Clara al ver a Carmelia parada frente a su puerta después de tantos meses.

Carmelia contó con pelos y señales los detalles del pacto que había casi que firmado con Leonardo de compartir una misión de vida. Confesó creer en una relación pura entre los dos, todo en torno a aquel pacto. Y por último, con la tercera taza de café en mano, y con suprema precisión, dejó fluir de sus labios los detalles de su ultimo sueño, haciendo énfasis en el sentirse capaz de reconocer los rostros de los malvados jóvenes, si se los encontrase en la calle, y sus ganas inconmensurables de vengarse de ellos.

-¡Ay, ay, ay! -fue lo único que escuchó decir a Clara

Las dos rompieron en carcajadas.

-Es muy sencillo -dijo Clara mientras deslizaba el dedo alrededor de la superficie de la taza de café.

-Ahora conoces lo que es tener un poco de conciencia en tus sueños y tienes la oportunidad de desempolvar lo mucho que se oculta en tu inconsciente. Es algo que debería sonar emocionante pues creemos toda la vida que el conocernos profundamente es un privilegio pero la realidad es que tal como te está pasando a ti, cuando las personas empezamos a conocer el polvo que cubre los casetes de nuestro inconsciente y nuestra memoria, este hecho causa sufrimiento en vez de plena felicidad -Clara soltó una suave risa al ver a Carmelia petrificada con su reflexión-. Los tres muchachos violan tu conciencia Carmelia, es como la historia de Sofía, la madre mítica del generador del mundo material, su nombre significa sabiduría y conciencia. Se dice que fue violada una y otra vez por las mismas creaciones de su inconsciente que eran a su vez fruto de antiguas violaciones -Clara hizo otra corta pausa para cerciorarse del entendimiento de Carmelia y notó que su amiga lucía confundida, así que decidió dar por terminada la historia rápidamente-. Bueno, el caso es que por ser causa de una psicología fragmentada, Sofía está sometida a las constantes violaciones del inconsciente y el mundo material.

-Sofía es el nombre de mi hija en aquel mundo paralelo -aportó Carmelia no tan confundida como aparentaba.

-Vea…qué casualidad, ¿no? -dijo Clara mientras ceñía el ojo.

Camelia sabía que su amiga no creía en las casualidades.

-¿Viste furia en sus ojos?

-No. Todo lo contrario. Ellos actuaban con mucha calma. Incluso cuando los amenace con llamar a la policía, ellos se mostraron totalmente convencidos de que yo no sería capaz de hacerlos pagar por su crimen.

Amiga…yo también guardé la calma. Sentía que era mi responsabilidad hacer justicia pero dejé que se me acabara el tiempo.

-Mira. El arquetipo de la policía representa la ley y el karma. Los violadores de tu conciencia afirman que no hay nada negociable que puedas hacer para liberarte de cierto karma en tu vida, eso no quiere decir que no debas luchar. No eres la única, es más, somos la mayoría los que tenemos una conciencia sometida a tantas violaciones e injusticias debido a comportamientos erróneos de muchos años. Como tú lo has dicho, ahora tenemos que hacer un trabajo duro por liberarla.

CAPÍTULO: LAS RUINAS DE UN CASTILLO.

En las calles, la noche abarcaba las veinticuatro horas del día. La oscuridad se apoderó de toda mi existencia. Era imposible pensar en el anhelo de vivir cuando te sientes asesino de una vida. Nunca llegué a hablar con otras personas que estuviesen en una situación similar a la mía, pues aquello no me causó mayor empatía. Eran como si mi realidad batallara moralmente contra mi razón de existir. De joven soñaba con causas sociales, y emprendí en ellas. Mi carrera de psicología, mi novia espiritual y mi labor por los niños, fueron todos impulsados por las mismas ganas de defender el regalo de la vida. Ahora era yo quien me mataba y mataba en mí las ganas de vivir.

Tal vez, ser tan duro conmigo mismo no era lo más correcto. La verdad es que la decadencia de una vida está condicionada por factores que van más allá de las decisiones tomadas en los días recientes. Un alma vieja ya ha tomado muchísimas decisiones que moldean su destino, pero el existo depende de la conciencia. Mi tarea era precisamente despertar conciencia y conocer a Dios. Dante en su libro maestro "La Divina Comedia" menciona a almas que se encontraban pagando sus penas en un círculo del infierno no por no haber sido malos en vida, sino por adorar a un concepto de Dios equivocado. Entonces la noche en las calles era la pantalla estelar que me presentaba con los dioses de las personas aquí en la tierra, donde hasta el dinero es un gran dios... y ¿cuál sería el mío? Llegué a la conclusión de que tal vez fuese el plan de una vida estrictamente edificada sin dar cabida a nada que no llegara en el momento "supuestamente preciso". La calle acoge a todos los que quieran vivir en ella pero nunca es hospitalaria. En aquel campo de concreto en obra negra es donde se cierran la mayor cantidad de puertas, mientras los que se acobijan en sus casas tienen como famoso refrán el decir "me provoca salir corriendo". Comprendí que somos tan inconscientes de estar vivos que no apreciamos la vida sino hasta que nos reconocemos como herramientas de destrucción. Podríamos llevarnos a nuestro fin sin ni siquiera percibirlo mientras lo hacemos. Pero al ver que el daño se le induce a quien más se ama, es un puñal perforador incapaz de pasar por desapercibido.

Aquel día que cambié el rumbo total de mi vida después de visitar a Tatiana, eché el primer montón de arena de mi propio entierro. Siempre fue para mí un premio verla sonreír, aun cuando su sonrisa fuera un regalo mayor del merecido, yo la recibía con orgullo porque era para mí fuente de vida y felicidad. Un día derrumbé sus sueños y su dignidad sin acordarme del pasado ni de tantas razones por las que algún día viví. Para entonces, lo único merecido era ver su carita invadida de llanto. La vida y mi mediocridad me hicieron emisor de tan inmenso dolor por ser el único capaz de traicionar todas sus expectativas ya que era en mí en quien había depositado toda su confianza, quizá por deudas Karmicas o quizá por razones aún mucho más místicas. Era lógico que por ser su amante de todos sus años de juventud,

Tatiana hubiera confiado en mí su más íntima promesa de ser la mejor mamá y su promesa ahora reposaba en mis manos destructoras. Además era precisamente la figura paterna, que dependía de mí, la que en su historia jugaba el mayor protagonismo a la hora de rescatarla de su encierro y devolverle su hogar. Aquella tarde mi corazón cumplió su misión con el destino, se vistió de dureza y atrofió toda posibilidad del fluir de la conciencia. Una chispa divina luchaba por brillar con el mismo amor acostumbrado y abrazarla pero me ganó el orgullo de una decisión ya tomada a no aceptar aquella criaturita. Aun retumban en mi cabeza el sonido de sus pasos desesperados azotando desilusiones contra el pavimento. Su corazón siempre fue instintivo a mi llegada pero nunca pronosticó verme partir para siempre. La única vez que nos dijimos un hasta luego fue cuando emprendí en mi proyecto con los niños, pero los dos sabíamos que seguíamos por siempre atados en el infinito. Ante mi traición los lazos se rompieron y nuestros corazones perdieron sus dones telepáticos. Sus pasos desesperados dejaron de comunicar el camino acertado y en las tinieblas de la inconsciencia me forzaron al refugio brusco de las calles. Ignoré sus gemidos aunque para ello tuve que abrazar la muerte. Por más que mis manos se multiplicaron para tapar ojos y oídos, realmente no se puede ignorar el dolor que mata cuando grita insultos desde las entrañas. Nunca la vi llorar tanto de tristeza. Sentí sus ojos angustiados buscándome a mis espaldas, inútilmente sin poder hallar el paradero donde me detuve para no enfrentar mis actos asesinos o… de padre arrepentido. De inmediato supe que la vida me lo cobraría todo en muy corto tiempo, pero ese momento el orgullo era el protagonista estelar y dejé que me cegara hasta creer que podría enfrentarlo todo luego, aunque nunca pudiera recuperarla. Lo peor de todo fue el no ser lo suficientemente inteligente para entender al cosmos. Mi espíritu muerto no sólo ocasionó tristeza en el ser que más amaba y trajo su fin al fruto de nuestro amor, sino que se disponía a expandirse como una masa cancerosa en todo mi cuerpo, contaminando de muerte todo lo que tocaba. Un día oí decir que las sonrisas son contagiosas, mas no considere que la depresión lo fuera aún más. ¿Cómo puede un corazón que está sano, recaer en la enfermedad tan de repente? La respuesta es que quizá nunca estuvo sano. Cuando nuestra alegría depende de factores tan ajenos a nuestra misión de vida, esta alegría está sujeta a los botones que mueven todos esos factores exteriores y superficiales. Porque hoy hasta el amor mismo me parece vano cuando no está sujeto a un principio de amor superior, inteligente y compartido. Carmelia es otra muestra del mismo caso con su hipnotismo en el amor presente. Ella ya ha pasado por muchas desilusiones en la vida, y en su costumbre de exteriorizar la felicidad, tan sólo basta un pequeño empujón para caer de su falso paraíso sin simientes. En parte fue su misma sonrisa Utópica la que me impulsó a la calle, pues los demonios en nuestro interior no quieren salir a la luz, y yo no soportaba la sonrisa diaria de Carmelia por miedo a que un día fuese reemplazada por la depresión. Recuerdo que durante sus periodos de decadencia, tenía la costumbre de despertarme a gritos quejándose de la desgracia de su soledad. Ella que se había mostrado tan respetuosa y optimista frente a cada conversación desde mi regreso. La bella Carmelia que había querido también compartir conmigo sus sueños tal como en los tiempos de la niñez. Ella que esta vez más fuerte que nunca tenía fe de ser plenamente correspondida en el amor, se me presentaba constantemente en sueños como una princesa cubierta con los harapos que quedan de un vestido anteriormente hermoso pero deteriorado por el tiempo. Ella está sentada en medio de las ruinas de lo que habría sido un glorioso castillo, lleva sangre en las manos y lágrimas en los ojos debido a la hostilidad que se respira en medio de los escombros a los que no renuncia jamás.

En las calles me acompañaban rostros de mujeres heridas. Tatiana se me aparecía en sueños, siempre la veía de espaldas con su cuerpo al borde de un rascacielos, y sus brazos extendidos al horizonte, y me atemorizaba la idea de que se lanzase al abismo. Pero para un alivio falso a mi culpabilidad, ella se rinde ante la idea y baja los brazos. Enseguida rompe en un llanto ahogado y tormentoso y retrocede de espaldas para sentarse a tan sólo unos pasos del borde del abismo protegiendo su hermosa figura redondita situada a la altura de su vientre.

También soñaba constantemente con mi madre, que aunque ignoraba por completo sus ideales ante la vida, prefería no preguntarle por miedo a encontrar condena en sus existentes razones de dolor y desgracia. Una de las cualidades de una madre es que se le rompe el corazón muy fácilmente al enterarse de los problemas de los hijos. Y como el hombre no es un animal muy inteligente cuando se trata de los asuntos del instinto y el corazón, en las calles también sufrí pensando en todo los que había dejado, en las tres mujeres de mi vida o quizá cuatro, en especial en Tatiana. Deliraba diciéndole que había cambiado de opinión y que deseaba nuestro bebé pero la fuerza del orgullo en mi fue más grande que el resto de sentimientos mezclados. Como parte de preparación para mi carrera en psicología aprendí que no había que dar mucho lugar al sentimentalismo, así que ya llevaba años en la práctica de ello, aunque fue el mismo sentimentalismo lo que empezó a derrumbar mi torre de fortaleza, porque no seguí las reglas de no encariñarme con Sami tanto como lo hice. Y fue esa derrota la que me dejó sin alientos de luchar eventos improvistos. Entonces la vida continuó dando sus giros drásticos a un ritmo apresurado mientras me arrebataba lo que yo esperaba que permaneciera intacto tal cual era antes de mi partida. Limité los sueños a ser sólo eso, sin darles significado o importancia a sus llamados a cambios. Incluso hasta el hecho de ser el mejor padre junto a Tatiana como la mejor madre, en el más amoroso de los hogares, se convirtió en otro sueño roto de nuestras noches de desvelo en las que nos contemplábamos y nos sentíamos ser el mejor de los regalos merecidos el uno para el otro. Nunca imaginé que la vida me pusiera la zancadilla fatal, pues en el tiempo que prometí amor entre besos y caricias creí yo mismo en mis palabras. Pero dejé que la vida me inundara con un sin número de distracciones y de malas elecciones como nos pasa a la mayoría de las personas. En medio de una vida tan vacía carecía de una verdadera historia que contar e inspiración para tocar corazones.

CAPÍTULO: UNA MIRADA DE AMOR EN LA MEMORIA

Una mañana cualquiera mi vida cambió sólo con el sentir dentro de mí que el cambio llegaría naturalmente. Simplemente empecé a ver el mundo desde una perspectiva diferente. Sentí que mis ciclos en las calles estaban llegando a su fin. Todavía faltaba muchísimo tiempo y esfuerzo para el perdón propio, pues ese paso conllevaba una fortaleza espiritual mucho más profunda, pero no pensé en atormentarme por eso pues se lo dejé al arte de practicar la alegría. Cerré mis ojos y le pedí al cielo una señal maravillosa que pusiera a prueba mi aprendizaje tanto de la soledad como de la compañía callejera de todos aquellos que tocaron mi alma durante esos meses. La respuesta siempre se me manifestaba con un destello de luz pero ese día sólo fue calma. En mi costumbre de mirar al suelo, escuché una voz tenue que me decía "hermano" y sentí la presencia de una mujer parada frente a mí, su sombra me acobijaba del bullicio de los carros y la calle, pero tuve miedo de levantar la mirada por temor quizá al sentir la presencia de un dios y sus juicios. Escuché que aquella voz continuaba modulando algunas otras palabras pero mi mente no lograba descifrarlas, hasta que por fin lanzó la clave que siempre reconocí por ser la petición a la que sabía que no tenía respuesta más que alzar la vista y esperar a que un sentimiento indescriptible revelara su significado y me delegara la misión de compartirla con todos aquellos que buscaran respuesta; y así fue cómo desde un lugar desconocido y recóndito en mí, me escuché decir:

Huir no es volar. Volar es un desprendimiento con conciencia despierta de lo que se quiere lograr. No es dejarse vencer en la batalla por dura que sea. Dejar al partir la huella del éxito, y no hablo del éxito convencional, sino de aquel que sólo para ti es real e importante. Yo en cambio fui cobarde ante el amor mismo, y ahora tú me pides que te enseñe algo que jamás logré.

Y mi corazón se llenó de un gozo ambiguo, pues aunque mi voz se manifestaba en un tono de tristeza, su pregunta fue lo único que me otorgó la oportunidad de tomar conciencia de mi propia manera de pensar y sentir.

La conversación de nuestro primer reencuentro transcurrió en un tono delicado, pues comprendí a través de sus palabras que aquella mujer a la que yo amaba tanto, a pesar de las pocas veces que se lo demostré, era a quien le deseaba la mejor suerte del mundo, a pesar de haberla contaminado con un ánimo de muerte, era la primera respuesta a mis peticiones y la señal que la vida me otorgaba en su esfuerzo por hacerme protagonista de la gran obra de vivir. Si Carmelia hoy estaba parada frente a mí no era porque me estuviera buscando sino porque ella también había considerado encontrar refugio en el abandono de sí misma, pensando quizá que su hermano sí había sido lo suficientemente valiente para huir del mundo, cuando en realidad yo fracasaba y como prueba de ello, estaba el hecho de que la mujer parada frente a mí me había pedido en múltiples ocasiones que le enseñara a volar, y yo a pesar del pasar del tiempo aun no disponía de respuesta alguna.

Entonces escuchamos estruendos desde todos los extremos de la calle, y los acontecimientos que pasaron ya ustedes lo saben, porque fueron precisamente ellos los que desencadenaron toda esta historia. Aquella tarde presencié la gran señal del cielo que me devolvió la capacidad de reflexionar en la importancia del amor, y me dio el gran regalo de la pequeña Diana como quizá también, la última oportunidad de reevaluar mi vida. Diana trajo fin a mis días en las calles. La vida transcurre tremendamente rápida obligándonos a todos a decidir a favor de nuestro destino o a Dios en el momento preciso y con plena determinación y para siempre, o tal vez no. Al menos así aprendí a verlo tras de leer millones de imprentas y revistas que se distribuyen en las calles donde promueven la vida como un salón de teorías que si no tomas partido, su fuerza te hará aprender a vivir a las patadas. Para ser sincero, he llegado a un punto de mi vida en el que perdí total interés a quejarme de las cosas. Primero, porque nadie aquí en la tierra te las resuelve, y segundo porque una vez empiezas a tomar responsabilidad de tus actos, sabes que el caos que posee cada persona es debido a un sentido de pertenencia de cada individuo por todo ese caos. Los ridículo de todo es que el caos llega a ser como los hijos, pues ellos son creación de pasiones que duelen abandonar. Cuando ya estas completamente cansado de cargar con los problemas, ya no se trata simplemente de no quererlos y deshacerse de ellos, sino que hay que echárselos a cuestas hasta disolverlos. Ahora tenía en las manos la oportunidad que le había pedido a Dios en mis noches de frio, y pues...él siempre tenía sus maneras.

El accidente fue espantoso. La mirada del padre fue quizá lo más duro que jamás viví. Sentí haber visto la bondad de Dios en su cara. Sus ojos me lanzaron la bendición de confiar lo más amado de su vida en mis manos. Aparentemente y hasta el momento éramos dos extraños pero claro estaba que para el destino nadie es un desconocido, nuestras vidas ya estaban entretejidas desde el principio de los tiempos y Diana era el producto de los más bellos méritos del corazón, devolviéndome la vida que había derrochado en los errores del pasado. Irónicamente aquel hombre era quien daba su vida por mí, siendo yo quien corría al auxilio del accidente, él era quien en realidad se sacrificaba por devolverme la razón de vivir y no tenía miedo, porque sabía que su obra no terminaba allí, sino que continuaría como ángel guardián de mi camino y el de su bebé.

Ver los ojos de aquel padre era visualizar un mundo de fantasía. Un mundo maravilloso casi ciego a los ojos con los que estamos acostumbrados a ver. Para ver la belleza de aquel mundo requería cerrar mis ojos y mi mente, y penetrar en un sentido espacial en donde la vida es plena misericordia. Sentí amor completo desde el instante que sostuve a la bebé en mis brazos y la amé aún más cuando su padre la encomendó a mí con su último aliento y descansó al ver a su pequeña en los brazos de quien Dios le había encomendado salvar aquí abajo.

El suelo bajo la planta de mis pies era como algodón, la superficie del cemento se hundía al molde de las plantas de mis pies mientras trazaba las sutilezas de un camino rumbo a una variedad de paisajes diferentes, cada vez más coloridos que en vez de ir en busca de horizontes, se elevaban hacia el cielo. El cuerpo de la niña no era más que el peso de una almohada de plumas acomodándose a la forma de mis manos y brazos elevados en agradecimiento. Ya no se escuchaba ruido en la cuidad, ni las sirenas de las ambulancias, ni los alaridos de los espectadores, todo ello fue reemplazado por el sonido del viento silbante y un concierto de ángeles que cantaban sobre las nubes que viajaban a través del cielo apacible cubierto por arreboles revelando todo los colores del arcoíris. La brisa trajo un aliento renovador y esta vez tuve la certeza en el corazón de que podía enfrentar todos los obstáculos sin importar cuantos errores cometidos en el pasado. Lo importante era que en ese instante sentí viva en el corazón la certeza de que no volvería a fallar jamás. Pedí entonces poder enmendar en lo más mínimo tanta fallas del pasado y tuve la certeza de que me sería concedido así no fuese en mi tiempo sino en el de Dios. Le mando bendiciones infinitas a Tatiana y al alma de aquella criatura angelical que el cielo me quiso regalar y la rechacé. Quizá para este momento ya su alma haya encontrado otro camino de regreso a la reencarnación. Quizá su destino como alma era haber nacido en medio de una situación de rechazo, desgraciadamente en el mundo hay muchos de esos casos, lo malo es haber sido yo autor de uno de ellos. Dianita es diferente, estoy seguro que su nacimiento estaba cubierto con un velo de amor que la ha de seguir por el resto de su vida. Lo digo por el desbordante amor en los ojos de su padre. Una mirada de amor que jamás podré borrar de mi memoria.

Mi corazón palpitaba alegre al ver un camino lleno de nuevos amaneceres pero algo amenazaba con robarme la calma. Durante el transcurso de los meses llevaba la mirada permanentemente contemplando el suelo mientras me convertía en un experto de lamentos por sentirme culpable de contagiar a tanta gente de desconsuelo. Sólo había levantado la mirada un par de veces incluyendo hacía unas pocas horas cuando vi el rostro de mi hermana Carmelia. Ahora me quedaba la incertidumbre de su mirada desesperada en medio de las calles en aquel barrio lejano a nuestro hogar. Sonaba confundida y llena de preguntas para las cuales por alguna loca razón pensó que yo tenía respuesta. La respuesta era precisamente lo que la vida me había inspirado a responder:

...existe una razón por la cual seguir luchando en esta vida y algún día la encontraré. Este cuadro tal como lo ves ahora es el resultado de un millón de consecuencias a rienda suelta, no el objetivo inicial, ni mucho menos el final.

¿Será que una vez más había sido egoísta al correr rumbo diferente al suyo? Ella también merecía correr rumbo a su destino, sólo esperaba que su destino no estuviese muy lejos del mío, pues necesitaba su mano amiga para compartir con ella la visita de un ángel como lo era Dianita. Estaba seguro que sus manitas pueden sanar cualquiera de sus penas como están sanando las mías.

EL ABISMO

Los días transcurrían rápidamente y más rápido aún para una vida explicada en sueños. Carmelia aprendía a desapegarse de sus miedos al descubrir pensamientos, sentimientos, historias ancestrales y un millón de misceláneas de amor enredadas en el tiempo. Misceláneas que buscaban por sí mismas su camino de vuelta a la reencarnación.

Leonardo seguía atento a cada agitar de los parpados de su amada porque había aprendido a leer las señales que indicaban que un capítulo más estaba por desencadenarse. El libro se desenrollaba con la naturalidad y la sutileza con que un mantel de seda se desliza por los bordes de una superficie plana con el soplar del más suave de los vientos. Su pasión por la literatura lo había llevado a reemplazar almuerzos por historias que brotaban de los labios de Carmelia. Se había acostumbrado a evitar el sueño por noches consecutivas con tal de no perder detalle de lo que ella pudiera revelar o necesitar, hasta había convertido la casa en secciones reconstruidas que se asemejaban a los lugares que Carmelia decía que le brindaban paz y felicidad cuando visitaba en sueños.

Carmelia había llegado a brindarle toda inspiración y mucho más, justo en el momento que más estuvo cerca del abismo de la desesperación. Los tiempos eran más felices y su alma se sentía libre y agradecida por tener la oportunidad de amar a la persona que tejía la magia de sus sueños.

Carmelia estaba dotada de cualidades valiosísimas capaces de derrumbar miedos y obstáculos de toda clase y lo más fascinante de todo era que era tan nuevo para ella como para él.

Sus cuentos se habían convertido en el suave saludo de la mañana…

-Era el festejo de una fiesta de cumpleaños en el primer piso de la casa y todos se turnaban para insistirme en bajar a escuchar a una mujer que tenía a todos hipnotizados narrándoles cuentos y demás piezas de mis poemas favoritos. Cuando decidí acercarme al círculo, la mujer tenía un libro en las manos supuestamente de Isabel Allende con imágenes de mariposas y hadas en cada una de las páginas. En la página izquierda donde tenía el libro abierto, estaba el dibujo de una mariposa de muchos colores, y sobre la derecha la bella caligrafía de la narración inscrita sobre la delicada imagen de un hada que destellaba rayos de luz que se reflejaban en la pared con la forma de su alas y al mismo tiempo dejaba al descubierto las imágenes de un abismo que viajaba hasta paisajes de mundos perdidos. El cuadro me fascinó y empecé a sumergirme en el abismo. De pronto llegue a una mina profunda donde trabajábamos fuertemente, teníamos cuerpos de enanos, excavábamos la tierra y soldábamos hierro en llamaradas de fuego que salpicaban por todos lados. El abismo tenía varios círculos de profundidad y yo me encontraba en el más profundo de ellos. De repente escuché una voz que dijo: "Atención. Hoy el jefe va a dejar que alguien salga a la superficie. Aquel que logre salir del abismo en noventa y nueve respiros podrá llevar un pedazo de jamón a uno de los seres queridos que todavía vive en el mundo de afuera y quienes pasan mucha hambre". Yo cogí el pedazo de jamón e inhalé fuertes respiros, y con cada uno de ellos agité mis pequeñísimas manos para así intentar romper la meta y salir de todos esos círculos de fuego. Al respiro número noventa y siete, planté mis pies en el piso de la cocina donde contaban los cuentos. Sentí de inmediato el pasar del tiempo, quizá diez años desde aquel día que me había caído en el abismo de las alas de la mariposa en aquel libro de cuentos. La casa había cambiado mucho, todos se reunían a beber y bromear en las partes de afuera y alrededor de la casa. Mi respiro número noventa y nueve se cumplió justo cuando alguien me cerró la puerta de salida a la calle en la cara y tuve miedo de que en cualquier momento mi prueba fuera considerada fallida y me desapareciera o se desapareciera de mis manos el jamón que llevaba para mi hermano. No quise que nadie supiera porque buscaba a mi hermano, porque temía que al enterarse intentaran arrebatarme la comida. Mi ansiedad escalaba con cada respiro y al mismo tiempo amenazaba con hacerme desaparecer. Intenté forzar otra puerta pero al intentarlo otro joven la volvió a cerrar en mi cara, entonces supe que algo andaba mal y la empujé con todas mis fuerzas para indagar. Una vez adentro, el joven pretendió estar buscando algo adentro de la nevera para evadir mi presencia y disimular lo que estaba haciendo hasta el momento, entonces giré la mirada hacia donde vi que sus ojos lo traicionaban de vistazo en vistazo, y vi parada a Sofía con lágrimas en los ojos, con la misma resignación de todas sus miradas. Mi pequeña Sofía, con la mirada caída y vacía de esperanza. Algo me decía que había acabado de ser otra vez víctima de otro abuso, y en mi sueño recordé el dolor de otros sueños, y mi corazón se hinchó con sed de venganza por todas las veces contadas. Comprendí que mi verdadera misión no había sido salir del abismo para llevarle de comer a mi hermano sino liberar de una vez por todas a mi pequeña de las garras del pecado y junto a ella, mi conciencia. Me apresuré a coger un cuchillo y tomé al joven por la espalda para apuñalarlo sin piedad pero no fui capaz. Lo único que hice fue rasparle la espalda con los dientes del cuchillo, sintiendo que no era suficiente castigo, pues lo que realmente quería era tener el valor para atravesarlo directamente en el corazón. Cuando sentí un poco más de coraje, atravesé un trozo de carne entrando y saliendo con el cuchillo sobre la superficie de su espalda, pero aquello tampoco fue suficiente.

La voz de Carmelia cambiaba de tonalidad para ser fiel representante de cada uno de sus relatos. Su tono fluctuaba constantemente entre los sentimientos de duda, miedo, y la ilusión que despertaba en ella cada una de esas imágenes vividas en sus tan decorosos sueños.

-Luego me desperté en un torbellino de pasiones dejando escapar a mi víctima, dejándome con el corazón vacío y cobarde -Carmelia dejó escapar lágrimas de sus ojos ante la incapacidad repetitiva de no poder vengar la maldad-, y el rostro de aquel joven de ojos claros se grabó en mi mente para hacer parte del collage de personajes que tampoco conocía en mi vida cotidiana pero que sin duda reconocería si se cruzara por mi camino.

Los sueños me estaban llevando a comprehender dos aspectos de gran importancia. Por un lado, me mostraban el romance sagrado de mis antepasados que mandaban bendiciones para mi propia historia de amor. Por el otro, tenía como misión liberar a la pequeña niña que vivía en mi interior desde hacía varias existencias pasadas y poner fin a las constantes violaciones de la cual yo la hacía víctima en sueños.

Leonardo era un hombre maravilloso que se interesaba por todo cuanto ocurría con su amada, más aun velaba como un guardián, su despertar. Siempre le repetía a Carmelia que ya estaban cerca de alcanzar sus metas y llegaría la hora de reemplazar los sueños por realidades. Él con su habilidad de narrar en un lenguaje de magia, convertía todas las circunstancias en esperanzas. También aseguraba día a día haber conocido su alma gemela al conocerla a ella. Decía que los miedos se habían acabado al saber que contaban con la bendición de antepasados o como él los llamaba, "sus padres celestiales", para unirlos en verdadero amor. "La próxima vez te vengarás. Pronto se desencadenará la batalla en la que los mates a todos y saldrás vencedora" -solía decir Leonardo para animarla cada vez que la escuchaba llorar de impotencia al sentirse tan cobarde-. Para él los sueños de Carmelia eran más importantes que las situaciones reales de sus días. Estaba seguro de que Carmelia contaba con dones especiales y que tal como una Juana de Arco de los tiempos modernos, tenía la misión del cielo de liberar a un montón de almas como la de él y la de ella del dominio de las influencias sociales y mortales. De tanto que lo repetía, ambos se lo comenzaron a creer. Carmelia aprendió a adorar su manera de amar las cosas y su disfrute al llenar las páginas de su cuaderno con historias suyas. Incluso había empezado a alucinar sanamente con planes y complots que le recomendaba ejecutar contra los malos de las historias. Su inocencia y disponibilidad a la locura eran anzuelo para el enamoramiento que tanto la hacía feliz. "Este será mi regalo para ti amor. Pues tú eres el mío" -le decía todos los días mirándola a los ojos para luego clavarlos ansioso en el papel. Ella empezó a contestarle "Yo te regalo todos mis sueños y mis días. Tú ya eres mi regalo amor", porque aquel hombre comprobaba todos los días ser digno de ganarse su corazón, por primera vez lejos de los consecuentes sentimientos suicidas. Sólo amor, no como el que conocía sino como el que soñó.

UN TROZO DE ALMA

Los días empezaron a transcurrir a su propio ritmo. El Dr. Ernesto Avellanos siempre fue un gran amigo y un noble ángel protector de niños. En el momento que todo pasó yo me encontraba en el peor de las circunstancias para acoger una vida más, así que era lógico volver a casa de mi madre para intentar brindarle un hogar a Dianita. Pero aquello sonaba como la solución más fácil, y por tal la más mediocre. La última vez que acudí a casa había curtido de dolor a las dos mujeres que aguardaron por verme regresar triunfante y conquistador de mis sueños de hacer justicia. Quería algo nuevo y el doctor siempre contó con una mente rápida para conectar situaciones con su solución.

Todo a mí alrededor indicaba que necesitaba reincorporarme, prepararme para el regreso a mi propia vida, aquella vida que yo mismo había dejado pausada desde el momento que decidí darle la espalda a todo. Y es que últimamente he tenido mucho tiempo para sintetizar tanto eventos simples en mi vida, y desarrollar prácticas filosóficas a las cuales doy el nombre de "mi descubrimiento de vida".

Desde el instante en que traje a Dianita, mis problemas y aspiraciones a la puerta del consultorio de mi viejo amigo, los dos nos convertimos en los viejos padres de la bebé. Por mi parte, poco sabía yo de cómo cuidar a una pequeña de tan corta edad, y por su lado, a pesar de tener la experiencia de proteger y abogar por niños, estos ya venían con actitudes que los calificaban de ser personitas inadecuadas para ser integrados a una sociedad, y aunque teóricamente era más fácil el caso de Dianita, nosotros no contábamos con ningún tipo de experiencia en ser padres de verdad.

Todas las mañanas madrugábamos al instituto y era Inés quien me ayudaba en las labores naturales de una madre. La recompensa para todos era la sonrisa de Dianita que después de nuestro esfuerzo por satisfacer todas sus necesidades físicas, no parecía pedir nada más, al contrario era maestra de humildad y agradecimiento. Yo por mi parte, si sentía necesitar dar mucho más pero no sabía qué, ni cómo hacerlo. Sentía que la fuerza del amor crecía en mí como un jardín en primavera dedicado a mi hermana Carmelia, mi madre, y otros que en este momento se me escapan del pensamiento, pero sobre todo dedicado a la bella Tatiana. Solía contarle a Dianita cuentos de hadas para alivianarle el sueño, en los cuales siempre había una princesa llamada Tatiana. Sin importar cuales fueran los rasgos físicos de la princesa o la parte del mundo de dónde provenía, o sus poderes mágicos, la princesa siempre era Tatiana y sus poderes se traducían en mis cuentos a la magia que ella producía en mí. Rogaba al cielo que el hada que auxiliaba a la princesa en todos mis cuentos inventados, también llegará a la vida real de Tatiana para brindarle amor y llenar su vida de alegría permanente. El final de todas las historietas siempre quedaban sometidas al tradicional "felices por siempre" en mi esfuerzo por no estropear su tradicional niñez o inquietar su pequeño corazón, pues siendo yo un psicólogo le daba mucha importancia a todos esos asuntos. Otra verdad es que yo todavía no estaba muy convencido de que "felices por siempre" fuera el caso de ella o el mío pues me faltaba mucha fe. Suelen decir que los milagros suceden sólo después del arrepentimiento profundo y el mío era un viacrucis de pequeñísimos pasos. Con cada amanecer descubría una razón más por la cual debía pedirle perdón a la vida. En los días recientes después de mi regreso, hicimos una actividad con los niños en los que ellos escribían en papelitos de colores el deseo que más añoraban y que creían más posible que fuera realidad. En sus rostros se notaba la desesperanza, pues en realidad la mayoría de los deseos que nacen en el alma, los arrinconamos precisamente en la esquina del corazón donde van a parar todas aquellas cosas que consideramos más imposibles de alcanzar. El poder de la desesperanza colectiva era tan grande que me vi identificado con muchos de esos niños faltos de fe y escribí un papelito que decía con letras mayúsculas y signos de exclamación: ¡Tatiana vuelve para que me devuelvas la vida! Mientras una ráfaga de temor ardiente me carcomía las venas.

Pusimos un recipiente transparente en el centro del salón para depositar nuestra masa de deseos. Como yo hacía parte de los organizadores de la actividad, no tenía ninguna duda de que tal como acordado, nadie leería los papelitos y éstos serían quemados para que se elevasen al cielo mediante un acto mágico de pura fe, no comprobable en el momento. Claro está que en mi mente tupida de negativismo por el dolor que causa anhelar algo que se cree imposible, aquella ceremonia de quemar las cartas parecía ser un impedimento a que el deseo viviera, mas que la posibilidad de que este encontrara su ruta mística a la realidad. Era como llevar a conciencia viva, las ganas y las intenciones de mi gran deseo, a un inevitable fin lo reducía a tristes cenizas. Quizá los niños lo entendían de la misma manera pero no quise preguntárselo a ninguno por miedo a estimular pesimismo y frustración en sus rostros ya cabizbajos, y mucho menos en los pocos que mediante ojos inocentes, exhalaban escasos alientos de esperanza.

Mediante un sin número de actividades, la magia encontró su ruta perdida a la realidad. La magia se apoderó de mí y lo más bello fue poder ver y reconocer que durante gran parte de mi vida pasada la magia siempre estuvo de mi lado. En el tiempo que nació en mí el sentimiento de ayudar a los niños, también pude observar que la sociedad en la que ellos crecían y se desenvolvían estaba llena de personas que sentían que el mundo estaba destinado a funcionar mal y era, por consiguiente, más fácil ser parte del caos. En aquel entonces, con mi visión amplificada por ser libre de dolor, yo sentía que lo que a la gente le faltaba era un poco de esperanza, sin imaginar que años más tarde la vida me pondría a deducir los resultados del experimento a través de mi propia historia.

A medida que mis reflexiones adquirían nitidez, me fui sintiendo más seguro de ser un buen protector para la hermosa Diana. La institución me ayudo a conseguir la tutela legal del ángel que llegó a mí para devolverme la vida. Igual no dejaba mi temor de que algún día apareciera un familiar más inmediato que se quisiera hacer cargo de ella y la verdad es que si algún día me tocara entregarla, me tocaría arrancarme también un trozo de alma, el trozo que me quedada.

CAPÍTULO: DEDICATORIA.

El doctor me dio la noticia de que había un evento para recaudar fondos para la fundación. Muchos pensantes y creadores que han "descubierto la vida" irían a exponer las teorías que los ayudó a salir de su caos personal. El doctor quería que yo también diera mi testimonio.

-Y la mejor noticia está por venir. ¿Estás listo Camilo? -me dijo desafiante

-¡Sí! -contesté seguro de que nada me sorprendería lo suficiente… pero una vez más me equivoqué.

-Recibí una llamada de tu hermana Carmelia y debo confesarte que me dejó muy satisfecho con lo que me dijo.

-¿En serio, doctor? ¿Cómo está mi hermana? ¿Por qué lo llama a usted?

-Ya intuían yo que a ustedes dos los unía algo más que la sangre -respondió misterioso.

-¿Por qué lo dice señor? ¿Acaso ella sabía que yo he estado con usted todos estos meses? ¿O lo llamó para preguntarle por mí?

-¡Claro que sí! Y por Dianita.

-¿Cómo, usted se ha estado comunicando con ella sin decírmelo?

-¡No! Claro que no.

-¿Cómo…?, nunca le he contado nada a ella. Aquel día del accidente todo ocurrió demasiado rápido como para que ella me hubiera visto actuar y saber que me quedaría con la bebé. ¡Dígame la verdad!

-¡Que no hombre! Ya te lo hubiera dicho. El caso es que tu corazón es transparente y no hace falta ser brujo para adivinar lo mucho que mueres por verla.

-Sí, parece que soy demasiado predecible, ¿no, doctor?

-Todo lo contrario muchacho -respondió el doctor en un tono casi sarcástico.

-¿Qué más le dijo? ¿Ella está en casa de mamá?

-No. Ella también ha estado desconectada. Dice que te ha visto en sueños. Es más, cuenta que ha visto muchas cosas que yo no sé ni explicar, pero que lo explica muy bien en su libro y me llamó a pedir mi consentimiento para dedicárselo a la institución. Ella siente un gran anhelo por contribuir al futuro de la Institución, por los niños, y sabe que es también la manera de dedicar su obra a ti. Dice que ha escuchado el anhelo profundo de tu corazón de querer que "la magia te devuelva la vida" y espera que mediante este acto de amor por ti, tú que eres su hermano del alma, tú mismo recuperes lo que quieres.

-Doctor no estoy entendiendo nada. Nunca he sido una persona muy crédula con los misterios ni creo mucho en todas esas cosas pero mi hermana sin duda parece estar leyendo mi corazón. Aunque sólo textualmente claro, porque la verdad le confieso como amigo, es que he estado pensando en Tatiana mucho últimamente y eso es a lo que me refiero cuando deseo que me "devuelvan la vida".

-Tú sabes que Tatiana y yo, y me atrevo a decirlo, hemos sido las personas en las que más has depositado tu confianza, e incluso nosotros consideramos la relación con tu hermana mucho más profunda de lo que ustedes mismos se dan cuenta. Tal vez sus sueños son reales y el libro lo escribió por amor y por ser la manera que encontró para demostrártelo. Un tiempo atrás cuando me compartiste la teoría de que la familia más sagrada son los hermanos, fue una reflexión muy convincente, tanto así que me sentí desafortunado de no contar durante todos estos años con aquella compañía fiel. Ella siempre te ha admirado y hoy llega a tu vida sin aviso previo y sin invitación -respondió el Dr. Avellanos en un tono casi acusador.

-¿Qué pasa señor? Pensé que me estaba dando una buena noticia y noto que ha cambiado la voz.

-El amor infinito esta hecho de un millón de trocitos de amor, de los que están esparcidos por todos los rincones desde el gran Bing Bang. Como siempre que se intenta alcanzar la verdad, es necesario la suma de la mayor parte de piezas esparcidas para reconstruir el amor. Si el propósito de la vida es restaurar la naturaleza de vivir y rescatarla del si fracaso trae la inconsciencia. No desperdicies más tiempo creyendo prepararte para el momento perfecto de demostrar ese amor y mejor ama ya. Ama hoy sin preparaciones y perfecciónate en ello mientras amas. Creo que así lo ha decidido hacer tu hermana, creo que eso es lo que te invitó a hacer Tatiana, así lo deseaba tu madre, y así te aconsejo que hagas de todo corazón como el mejor consejo que jamás te pueda dar.

-Descubrir la vida no es más que aprender a amar -concluí emocionado.

-¡Exacto! Sin perjuicios y bajo toda circunstancia -completó él como siempre lo hizo con mis teorías.

-Pero pensé que el mundo también enseña que los amores que no convienen es mejor dejarlos ir.

-Hmmm... Entonces te pregunto, ¿cuales son los que convienen? ¿Los que están de acuerdo con tus proyecciones mentales de humano? Camilo, el humano es prisionero de todo a lo que le ha puesto nombre: el tiempo, el espacio, las reglas, la conducta, la moral, las creencias, los sistemas... entonces es fácil de entender porque cuando una forma de amor no va conforme al tiempo, espacio y tantos otros factores, nuestras mentes encuentran la solución en decapitarlo, creyéndolo no conveniente. Te pregunto amigo... ¿Cómo crees que se originó el amor?

-Doctor, me acaba de volver a perder -dije confundido. El doctor tenía la costumbre de lanzar enigmas para dar un giro a la conversación

-Un mis cálculo en la fórmula de preparación resulta en muchos sabores que se desvían de la receta deseada pero todas aquellas variaciones tienen su gusto. Como sea, para que se produzca tal error es necesario primero un trabajo. Los errores oportunos no se generan de la nada. ¿Me entiendes? Antes sentías que tenías y querías hacer el trabajo. ¿Y ahora no? Para ello tiene que haber una razón más profunda que el simple error, algo que viene desde la causa. De otra manera la razón para desvanecer ante la lucha no es válida.

-Doctor, existió una etapa en mi vida en la que viví en un sueño. En este momento ya no sé ni cómo describirlo porque lo perdí en algún lugar del camino, pero me acuerdo que era importante, que ardía dentro del corazón, que quemaba, incluso iluminaba mi forma de ver la vida y me permitía ver un mundo de paisajes coloridos, todos los días, había luz en los rostros de la gente porque yo así lo percibía sin que muchos de ellos mismos lo supieran, luz en sus intenciones y sus acciones, tan grande era mi éxtasis que en ese tiempo me enamoré como lo anhela todo adolescente, y así me mantuve por años. Fui el orgullo de mi madre, la admiración de mi hermana, y todo esto trajo la paz a una etapa de discordias en nuestro hogar adolescente. Me permitió ganarme el aprecio de admirables maestros como usted, y me sentí feliz por todo ello.

Siempre existió en mí un miedo inútil de que cuando todas las cosas andan bien, algún día llegarían a su fin, sin venir intencionalmente de mí, así fue. Y el dolor fue mucho más grande de lo que pude soportar, así que me rendí ante la vida y preferí esperar a que una llamada de misericordia acudiera a mi rescate pero poco conocía cómo ésta funcionaba -vi que el doctor hizo un intento por decir algo pero apresuré el aliento para no perder el hilo y continuar-. Hoy mi corazón está, por fin, parando de llorar. Sé que hay cosas que jamás podré recuperar y Tatiana y nuestro bebé son las que más me duelen pero ya no quiero seguir atado al dolor y al pasado.

Ahora usted me dice que mi hermana es feliz y descubre la vida a través de sueños. Me muero por saber más de ella, de volver a ver a mamá. Llegó el momento de emprender mi camino de regreso a la luz, no estoy solo, Dianita es mi ángel guardián.

No sé si estará junto a mi toda la vida pero ya marcó mi corazón para siempre.

-¡Hijo, pellízcate! Asegúrate de que este momento es una realidad. Aduéñate de él porque acabas de volver a nacer.

-Gracias por ser un gran amigo -me lancé desaforado en un abrazo y me colgué en su cuello como un niño chiquito.

-Doctor lo busca una joven y dice que no se marchará sin que la atienda -escuchamos la voz de Inés anunciando una visita amenazadora.

-¡Caramba! Ya estoy muy viejo para estos sustos. Todos parecen tener la misma amenaza -comentó en su tono siempre burlón.

-Creo que el arrepentimiento siempre tiene mucha urgencia. Tal vez sea otro loquito como yo -dije bromeando también.

-En ese caso, espero que se trate de uno de los niños. Ustedes los adultos me ponen aún más melancólico. Inés dígale que me espere unos minutos que estoy terminando de enloquecer a nuestro amigo Camilo -anunció por el altavoz.

-Ella no desea que termine con Camilo, es más, pide que se tomen la tarde libre que la charla va para largo —ahora era Inés quien bromeaba, lanzando carcajadas junto a las de otra mujer y sus risas parecían aproximarse hacia la puerta de consultorio.

-¡Apuesto a que ninguno de los dos me esperaban! -dijo mi hermana de cuerpo entero dentro del consultorio.

-¡Hermanita! -exclamé mitad nervioso, mitad eufórico- Doctor estoy seguro que éste es otro de sus complots.

-¡Camilo…hombre, me ofendes! Todo lo contrario, con esta familia parece que no terminan las sorpresas.

-No señor, por algo es usted un maestro, pero hoy son las cosas de la vida las que actúan -Carmelia concluyó tomándose la palabra.

-Hermanita, dame un abrazo.

Nuestro abrazo se convirtió en un ritual en el que las almas se unen para restaurar el daño causado por la distancia.

-¿Entonces qué, señores? ¿Nos tomamos la tarde libre? -sugirió de nuevo Inés.

-Me temo que esta vez va a ser inevitable -respondió el doctor.

-Carmelia, cuéntame eso del libro -pregunté totalmente ansioso.

-Mejor decidamos primero en donde vamos a cenar, si no aquí nos quedamos.

Todos soltaron en carcajadas.

Camilo se acercó a su hermana y sin aguantarse más las ganas le dijo en el oído.

-Carmelia, tengo una bebé, su nombre es Diana.

-Ya lo sé -respondió Carmelia mientras manifestaba su amor acariciándole el rostro.

-Entonces, o tus sueños son verdaderas revelaciones o el doctor me ha estado ocultando cosas.

-Digamos que las dos -contestó Carmelia con una voz serena-. Hermano, puede que tu imaginación no te dé ni para cuestionarte muchas cosas pero es lógico que yo nunca he parado de preguntar por ti.

-Sí, supongo que eso es obvio.

-Soy tu hermana y soy mujer -contestó ella con la picardía que le otorgaba la seguridad de todo su nuevo ser.

¿Dónde está mi sobrina? Muero por verla.

-Inés es quien me ayuda a cuidarla la mayor parte del tiempo. Aquí todos la aman con la naturalidad y pertenencia de una hija propia. Hoy, por ejemplo, su mama ha venido y la tiene en el jardín tomando el sol. Dianita ha enamorado a un millón de corazones, y al mío lo ha convertido en algodón de dulce.

-¿Ya estás listo para ser papá?

-Hermana hay algo que te tengo que contar -dijo Camilo cabizbajo.

-¡No te preocupes...creo que ya lo sé!

-¿Por tus sueños?

-Tatiana está bien, hermano -respondió ella con el baldado de agua fría que hiela los huesos y la sangre-. Sé que tu corazón pregunta mucho por ella y yo te vengo a dar las respuestas.

Mis sueños no me muestran lo que está pasando en la vida de las personas, gracias a Dios, pero sí me revelan constantes mensajes de una corriente de amor ejemplar que existe para todos nosotros desde nuestros antepasados. Más que saber lo que pasa o pasará se trata de alcanzar la comprensión de quiénes somos y cómo nos deberíamos amar.

-Últimamente tengo dificultad siguiendo las conversaciones.

-Creo que lo que te hace falta es abrir las puertas de tu mente y tu corazón a los misterios de la felicidad.

-No entiendo por qué la felicidad tiene que venir en misterios.

-Supongo porque de otra manera nuestra naturaleza rebelde no la valoraría. ¿No lo crees?

-¿Ella te lo contó, Carmelia? ¿Te dijo lo de nuestro hijo? Yo le pedí que abortara.

-Los dos estaban en un tremendo periodo de desbalance. Lo que pediste y sentiste es obvio que procede de una naturaleza muy mala pero el odiar es de cobardes y Tati no lo es. También creo que no me corresponde decirte nada más. Sólo quédate tranquilo que ella está bien.

-¿De qué tanto hablas con ella? ¿Sabes si la volveré a ver?

-Creo que me preguntaste sobre mi libro... -Carmelia intentó desviar la conversación.

-Sí, tienes razón.

Los dos hermanos una vez más reencontrados, desencadenaron una conversación que crecía y crecía lejos del resto de los invitados. Durante todo el recorrido en el taxi hasta llegar al restaurante se absorbieron dentro de sus propios temas y sus sueños compartidos como los que siempre existieron a pesar de la lejanía entre mentes y personalidades. Ya más de uno lo había dicho. Camilo y Carmelia estaban conectados al nivel de las almas.

-Camilo, el día que te vi en ese barrio chino, los dos corrimos en direcciones opuestas al rescate del accidente que allí ocurrió. Hoy me atrevo a concluir que la vida está ya detalladamente determinada. Que sí existe el destino y las circunstancias del día a día tiene como función tejer el camino de llegada a ese destino, y que son nuestras decisiones las variables. También sé que lo que hoy te digo no es nada nuevo pues es una de las teorías más habladas en estos tiempos en la que todos se creen sabios acerca de los misterios, pero lo que sí te digo es que hoy mis palabras no salen de la repetición de una idea que leí sino de una comprensión profunda a la que he confiado mi vida. No para ser víctima del destino sino para tener la capacidad de evaluarla constantemente.

-Me parece muy sabio tu punto de vista pero, la verdad, pensar de otra manera, que no existe el destino o que nuestras elecciones no tienen influencia alguna, es decir que no hay karma, es lo que parecería anticuado y ridículo.

-Por eso te hablo de estas cosas, porque sé que me entiendes hermano. Sé que el mundo y sus modas ya nos llevan halando mucho las orejas para que expandamos nuestras perspectivas pero hay aun mentes que no tendrían la capacidad de tomar responsabilidad sobre sus vidas, ni siquiera pensamientos o intenciones...El caso es que, aquel día que corrí por intuición para socorrer al hombre del auto azul, a quien hoy amo y con quien construyo sueños...-la voz de Carmelia se quebrantó de la emoción, y a continuación las palabras que pudieron haber sido dichas fueron reemplazados por el silencio y una sonrisa.

-¿De qué se tratan exactamente estos sueños? -pregunté inquieto.

-¡Camilo, no me lo vas a creer! -Carmelia continuó con la emotividad infantil y contagiosa que siempre la caracterizó y quizá lo que la asemejaba tanto a Tatiana-. He empezado a disfrutar de un mundo más real que éste en el que vivimos. Percibo destellos de luz provenientes del mundo de donde pertenecemos todos, donde todos tenemos un lugar, un título, un parentesco, y cuando digo todos me refiero a toda forma de vida, cada ser que late. Aquí todo se mide y se pesa, todo es necesario que sea material para que sea real, allá no. En aquel mundo todo es enseñanza. Creo que muchas veces en el camino, tú con tus sentimientos de dar tu vida por los niños y por Tati, estuviste pasos más cerca de la verdad que yo. Porque nuestra misión en la vida sí es amar y eso es literal. Ya no se trata de una línea que perforó el tiempo a través de los versos de un poema, ni de una reflexión romántica que un día ayudó a alguien a enamorar a alguien viajando en las hondas que producen las palabras y golpean los corazones, ni de una visión humanista, es simplemente que esa es la única razón por la cual vivimos y por la cual existe una creación, para que hagamos de este mundo misceláneas de amor, puro y latente donde se encuentra todo tipo de artesanías y caramelos que reflejan el amor en arte, color y sabor, a un precio alcanzable por todos los que quieran disfrutar de él. Nuestros bisabuelos así lo entendieron y vivieron y murieron por dejar ese legado, pero las modas de las conquistas de la juventud destruyen el ritual que conlleva amar de verdad. Así que no tuvieron la fortuna de poder controlar todos los factores a su alrededor o las elecciones de sus propias hijas que atentaron contra aquella valiosísima herencia, pero gracias a un leguaje más elevado hoy me lo comparten a través de sueños, a veces no tan fáciles de entender.

-Carmelia, nunca conocimos a nuestros bisabuelos.

-No hace falta. Yo los conocí, créeme. Y lo más seguro es que tú también, pues las almas que nos rodean han compartido con nosotros más de una existencia, tal vez todas.

-¿A dónde piensas llegar con todo esto? Todavía no logro entenderlo claramente.

-Quiero decir que da lo mismo que sean sueños o visiones con ojos abiertos, o presentimientos o imaginación. El caso es que el aceptar el verdadero valor de nuestro existir trae consigo ganas de vivir en grande, de tener nuevas oportunidades para de una vez por todas sacar el mejor provecho de la vida. Es indispensable, pues el significado de la vida sólo se resume en sí supimos amar o no. ¿Qué a quién? Pues a todo el mundo, a todos los seres que habitan en este mismo mundo y los de más arriba, pues todos son esencias superiores a las máscaras y formas que vemos, son en sí, almas que atraviesan un camino de aprendizaje, un camino suficientemente largo que incurre caer varias veces, pero la probabilidad de caer no justifica mantenerse siempre en el suelo -Carmelia estaba dentro de una bomba de tiempo inhalando grandes bocados de aire de vez en vez para no dejar que decayera la inspiración-. Repito, no es justificable ni justo para nadie sufrir a causa de bajos sentimientos que pudren el alma y atrofian su palpitar. El odio y los constantes lamentos hacen parte de esa colección de perjudiciales bajos sentimientos. Cuando se ama, se es feliz, nunca lo contrario.

Así que yo me decidí a amar inconscientemente, pues la oportunidad de elección vino a mí cuando aparentemente yo estaba menos lista. A veces pienso que quizá un buen karma de mi pasado se jugó sus cartas conmigo al ponerme a Leonardo en el camino, y gracias a mi Dios, yo acerté abriéndome a la posibilidad.

Los sueños lo son todo. Llevan la mente a un estado de alivio que nos permiten explorar todas las opciones que nos pertenecen por destino, o por el simple hecho de estar respirando aquí abajo mientras nuestras almas pertenecen a otro lugar. El budismo por ejemplo, habla del desapego del deseo, mientras nuestros sueños también son matrices generadoras de deseos, sólo que de otra naturaleza, son anhelos del alma.

Carmelia sostenía una mirada penetradora que me pulsaba el corazón y se robaban mis usuales fuerzas de refutarlo todo. Tras de notar que mi mirada se disipaba en un abismo de tristeza y aceptación, se precipitó a continuar.

-Lo siento hermano, tiendo a desviarme un poco cuando hablo del tema. Es que me emociona. Gracias a estos sueños que te digo, he descubierto un papel primordial en mi destino. Unirme a mi alma gemela es inaplazable. Buscar y encontrar a esa persona con quien mediante la unión de nuestras almas, en todos sus niveles, me convierte en mi mejor ser y yo a él, me convierte en un ser más elevado hasta para comunicarme con Dios. Quiero nada menos que esa persona sin quien me mantendría bajo los conceptos prisioneros de la felicidad popular entre los humanos. Quiero una felicidad que dure más de lo que dura el placer. Es decir, ¿de qué sirve sujetarse con pies, manos, uñas, pensamientos y corazón, de los fugaces instantes de risa y denominarlo todo como un momento de felicidad, para luego sentarse a esperar el turno de llorar, aceptando que la vida no es ni puede ser color de rosa?

Antes del accidente, Leonardo tenía el sueño ardiente de ser escritor. Por desgracia, según lo cuenta él mismo, le faltaba mucha fe, pues la idea de ser escritor al igual que la mayoría de carreras plenamente artísticas, puede llegar a traducirse en el tener que renunciar a un futuro estable, muchos escritores no vivieron para ver el éxito de sus obras. Y lleno de temores, desvió su camino hacia la vida de la común comodidad que carcome los sueños y mata a la gente en vida, únicamente por sujetarse a una supuesta comodidad que proporciona techo y el pan de cada día. Leonardo siempre estuvo solo hasta el día de aquel accidente. Si no fuera por el destino que tenía a su favor y la fortuna de conocerlos, ahora estaría solo todavía. Encima de ser un inválido, muy probablemente el accidente también hubiera mutilado su alma. Aunque la pérdida de una parte de su cuerpo fue difícil de asimilar, ahora comprendemos que tanto él como yo teníamos que jugarnos las cartas, perder para poder ganar. Nuestra misión desde entonces ha sido compartir nuestras vidas y sueños. Él me contempla pacientemente con el suspenso con el que se espera el final de una película, luego se adueña de mis sueños parar emplear su arte de ilustrarlos con palabras, y finalmente los plasma en las hojas que cobran vida de océanos y gigantes, con maravillosas emociones y así desatar toda esa fuente de vida fresca al viento, impregnada de significados.

Carmelia continuó contando detalladamente todos su días junto a aquel ser amado. Su ser completo lo amaba con una fuerza superior a lo que podía describir o hasta recordar haber amado a los hombres anteriores en su vida, por quienes había sentido poder morir. Es que ahora se daba cuenta de que poco sabía acerca del amor, y a medida que amaba más a Leonardo, también amaba con más fuerzas y madurez a todos los seres a su alrededor. Comprendía que cada persona es ficha clave en el desarrollo del camino elegido, aunque éste fuese equivoco. ¿Cuántas personas habría dejado de conocer si no hubiese sido por aquellas elecciones? Y las que sí, prefería no pensar en el misterio de saber si hubiese sido mejor no conocerlas, pues ya que estaban allí las amaba por sus misiones. Amaba en especial a las personas de su presente, pues consideraba que por algo habían llegado hasta ese momento de transformación personal, y desde ya se preparaba para nutrir de amor verdadero a las personas del futuro. Ya no le quería confiar más su vida al azar, pues ya era muy afortunada de que la suerte no hubiera cavado grandes abismos entre ella y su hermano, ella y su madre, o ella y la posibilidad de conocer a Leonardo, ese ser con quien hoy por hoy forjaba un medio de comunicación con el Dios que escucho a otros amar tantas veces sin poder sentir el mismo amor antes jamás.

La tarde no fue suficientemente larga. Era imprescindible e indubitable mantener el entusiasmo de la cadena de conversaciones tal como iban. Los constantes interrogatorios de todos los presentes ofrecían nuevas oportunidades para volverse a cuestionar a sí misma todos los acontecimientos que la habían llevado a ser la persona que hoy exponía frente a ellos, un ser con un nuevo sentido de vivir. La tarde y los rostros de aquellos que amaba y hasta sentía deber cierta parte de su destino, representaba una vez más la confirmación de la grandeza de todo lo vivido. Aquel hermoso y bendecido sentido que por fin sentía en vida, la hacía reír a cada instante mientras le brindaba seguridad de su felicidad. Carmelia confesó ante los presentes, amor del bueno por aquel hombre que esperaba, plasmaba y le traducía los sueños, agregándoles también mensajes de plena sabiduría. Confesó que a diario pedían perdón a su infinito Dios por sentirse tan tercos al pasar tantos años de vida, y quién sabe cuántas incontables vidas enteras, siendo simplemente lo que eran, sin esforzarse por más, en vez de haber invertido todas sus vidas en ser lo que siempre debieron de haber sido. En el mundo del amor cabe de todo y todo por un precio que no tiene precio. Ella, Carmelia, había nacido para complementar a Leonardo y hoy se rendía a insistir en cualquier otra cosa diferente a ello. Él tenía como misión rescatarla de su embotellamiento de constantes vanas decepciones para así ganar la verdadera única oportunidad de unirse a ese alguien con quien haciendo el amor, construían amor del bueno. Después ambos devolverían esa nueva corriente de energía reconstruida a la fuente original de vida.

-Ambos somos uno y nuestro amor está ligado por el misterio que está en secreto y no necesitamos nada más — concluyó emocionada.

Los ojos de los espectadores temblaban con lágrimas luminosas.

-¡Amigos! —levantó el rostro para dirigirse a todos- Me encantaría ahora que todos encuentren un pedazo de sus vidas en mis sueños -dijo mientras sacaba de abajo de la mesa, ejemplares del maravilloso libro de los sueños titulado "Misceláneas de Amor" para cada uno de nosotros.

Todos soltábamos suspiros de amor por mi hermana ya hecha mujer y triunfante. Sentir aquel libro en las manos era un sueño nunca imaginado hecho realidad, era esperanza pura, era un misterio emocionantísimo, pues sólo la historia preliminar, ya nos había tocado y sacado lágrimas.

-La idea no es sólo dedicar las ganancias de las ventas a respaldar la institución -continuó más altiva que nunca, sintiendo el sabor de su propio triunfo y nuestro orgullo colectivo por ella-. Es también poder compartir y regar de vida a todos los seres valientes para que sueñen y sigan plasmando sueños que les dé paz y libertad. Y cuando descifren los sueños que tengan en todos los idiomas y a lo largo de todos los tiempos, puedan resumirlos en que la vida es una rica *MISCELANEA DE AMOR* y sólo se puede ser feliz cuando se ama.

Toda aquella charla parecía estar minuciosamente coordinada para introducir a un personaje muy importante porque tan pronto mi hermana terminó de pronunciarnos aquellas palabras, un hombre apareció parado detrás de ella, sosteniéndose con la ayuda de muletas, sin que ninguno nos diéramos cuenta de sus pasos hasta la mesa.

-Éste es Leonardo –dijo especialmente dirigiéndose a mí. En aquel momento aquel hombre estiró su mano para conocerme.

Carmelia giró suavemente y puso un delicado beso en los labios de su amado. Ambos lucían felices.

-¡Mucho gusto y muchas gracias! -dijo sonriente mientras me apretaba la mano.

-¡Mucho gusto, Leo…gracias a ti! –respondí de corazón.

Fue deslumbrador verlos juntos y tan compenetrados como todos los testimonios que ya Carmelia nos había adelantado. Leonardo tomó asiento junto a mi hermana y ese pequeño detalle ya parecía aumentar montones de volúmenes a la felicidad de ambos. Su evidente amor compartido movieron millones de sentimientos enterrados de mis tiempos también perfectos junto a Tatiana, pero ésta no era mi hora sino la de Carmelia. Todos estábamos gozosos de verlos, y ambos eran unos artistas de sus historias porque sus voces nos invitaban al abismo de la magia que tanto fundamentaba sus vidas. Carmelia y Leonardo seguían relatando mundos maravillosos y sus voces a veces se encontraban en coros.

-*Pedíamos perdón por el tiempo dedicado a ser fuera de nuestro ser. Perdón por someterlo a la aberración de ser prisionero en un plano donde no se soporta su naturaleza. Por vender su integridad, por obedecer a los instantes de placer y cambiarlo todo por la nada del vivir fuera de él. Perdón por todo el sufrimiento causado por la espera. Ahora sólo queremos renacer en devoción de sólo vivir para ser por fin seres de magia y de luz. Todas nuestras vidas con sus innumerables fachadas se disuelven en el tiempo como vagos recuerdos.*

-Aquella tarde de regalos, Carmelia sólo respondió con un simple gesto y ese gesto fue suficiente y necesario para dar fin a un ciclo de incertidumbre, miedos y desprecio. Ella había aceptado los regalos con la única condición de deshacerse de todas esas cabezas y cuerpos de marranos que sentía que la vigilaban constantemente por todos los rincones de la casa, para cambiarlas por figuritas armoniosas y sus siempre amadas plantas de supersticiones Orientales. Algo que nunca compartió fue su más preciada adquisición, una vasija de metal que al tocar con un palo alrededor del borde interior producía un sonido vibratorio encantador que la invitaba precisamente a dar rienda suelta a todos esos sueños escondidos. Pues una tarde cualquiera en la casa de su amiga Clara, años antes de visitarla con sus inquietudes de Leonardo y su nueva vida, vio una vasija similar y siempre tuvo curiosidad de saber qué era pero su amiga nunca la toco en su presencia, y ella tampoco nunca se animó a preguntarle, sólo supo que tenía la palabra "Tíbet" grabada en medio de un diseño hermosísimo alrededor. Pero ya la vida era sabia y le preparaba los gustos hacia los cambios que iba a empezar a andar. Un vistazo inconsciente a aquella pieza de tanto valor que le brindó calma mientras se acoplaba a la casa donde la vida misma la puso, no era más que una de las primeras fichas convertidas en armas para enfrentar batallas menores que procedían a grandes batallas. Sólo el antojo de tener algo escondido en su habitación silbando libertad e invitándola a relajarse y soñar, despertó la posibilidad de hacer de ello una labor de tiempo completo.

Pasamos toda la tarde escuchando las historias maravillosas de mi hermana y Leonardo. Pronto sentimos el movimiento de los meseros alrededor de la mesa que buscaban recoger el montón de platos que compartimos mientras permanecimos casi hipnóticos a los narradores.

-Creo que es hora ya de irnos -escuchamos decir al doctor como un llamado a todos a tierra.

-Quédate esta noche con nosotros hermano, quiero que conozcas mi nuevo hogar -dijo Carmelia dirigiéndose únicamente a mí.

-Y yo quiero presentarte a Dianita.

-Vamos por ella. Se hace tarde. Ya lleva mucho tiempo sin su guardián.

Prefería pensar y que pensaran en mí como papá de la pequeña Dianita, pero... "guardián" era la palabra perfecta. Así que recibí el comentario de mi hermana con una amable sonrisa. Sentía que de mis ojos salían destellos de una luz que iluminaba calles, países, mundos, bajo el abrigo de mis parpados caídos.

Había sido sin duda una tarde muy agradable. Después de salir del restaurante el Dr. Avellanos le pidió el favor al hombre que nos dio la bienvenida a la entrada del restaurante que coordinara un taxi que nos pudiera llevar a los cinco de vuelta al instituto. Eran alrededor de las siete de la noche y el sol ya empezaba a esconderse. Hacía mucho tiempo que no disfrutaba la salida del sol y su permanencia sobre mis hombros hasta tan tarde, durante el tiempo de mi desgracia pareció ser un invierno permanente donde el sol se escondía temprano, y con él, toda la vida en mí. Pero hoy a lo mejor no se escondería del todo, a lo mejor permanecería brillando incluso cuando mis ojos ya no estuviesen abiertos. En el transcurso de encontrarme, crucé por muchas religiones y creencias, pero aunque todos intentaban venderme la imagen de un dios antropomórfico sentado en las alturas con su barba blanca, yo siempre regresaba a la intimidad de mi habitación para pedirle al sol perdón por buscar a un dios diferente a él. Ahora que reflexiono en el momento justo donde perdí la fe, me doy cuenta que fue en el preciso instante en el que mis ojos dejaron de alzar la mirada, dejaron de buscar el sol y las estrellas, conformándose a vivir en largas tardes de invierno. Hoy también llego a la conclusión y le pido a Dios que me convierta en fogata de luz para afrontar el frío de la vida y los años, porque mientras éstos siempre estén destinados a completar sus giros y volver, yo no tengo por qué estar destinado a volver a ser infeliz. Hoy que he vuelto a ver la luz, me hago la promesa personal que los ojos de mi alma jamás se volverán a cerrar.

De no ser por la presión de los meseros por echarnos del restaurante con disimulados modales no hubiéramos sincronizado de nuevo con el ritmo normal del tiempo pues los temas de conversación elevaron nuestras mentes colectivamente hacia la ficción. Ya era demasiado tarde y la mamá de Inés nos comunicó que se había llevado a Dianita a su casa y que no teníamos que preocuparnos por la hora de regreso. La señora Sandra se dedicaba a la bebé como quien consiente a su nieta favorita. Dianita era de todos porque a todos nos había salvado, y aunque en este momento, un viento la arrebatara de nuestros brazos, ella jamás se iría porque la imprenta de sus manos era más poderosa que una braza cuando quema. Aunque toda esta historia fuera falsa y la única verdadera fuera la que se relata en el libro de los sueños de mi hermana, y mi vida entera no fuera sino un capítulo más de aquel libro, igual existiría porque mi historia comprueba que en el momento que mi nombre llego a los oídos de la gente, se me otorgó la capacidad de existir y compartir sentimientos, cumpliendo así con los principios que dan inicio a una creación y delegan al ser creado la responsabilidad de tomar conciencia que se está vivo, de expandir la infinita capacidad de dar y recibir amor; Y desde que amo, también vivo. Me uno al grupo de seres que "descubrieron el arte de vivir".

Todos regresamos a la Institución para recoger nuestros autos y partir a abrigar la noche según como era costumbre en nuestros diferentes estilos de vida, mientras que para mí ya no existían las rutinas. Subí a mi auto rumbo al encuentro de mi princesa Diana que yacía en casa de su abuela adoptiva para juntos e inseparables improvisar una nueva noche en la casa de mi hermana, quizá ella también le gustase el cambio repentino de planes. Recibí a la bebé en mis brazos y una vez más besé las manos de Sandra, la mamá de Inés, por su capacidad de dar tanto amor desinteresado a quien representaba mi tesoro más preciado. Nunca subí mi vista para ver la reacción de mi hermana o de Leonardo, preferí que ella dedujese por si misma mi relación con Dianita, sin decorativas palabras, pero sentí su mirada y sus suspiros persiguiendo cada uno de mis movimientos. Todo el trayecto a casa de Carmelia fue un ritual de restaurar energía vital que se me derrochaba por los poros cada vez que me distanciaba de ella por muchas horas seguidas. Sólo faltaba Tatiana en mi vida y eso sí es que así Dios lo quería, sino ya no faltaba nada. Pero algún día llegaría la respuesta.

CAPÍTULO: UN NUEVO AMANECER.

-¡Bienvenidos a casa! -dijo Carmelia al empujar la puerta de su casa para dejar pasar a los invitados. Quizá con la misma cautela y sensación de misterio con la que la empujó hace un poco más de un año cuando trajo a Leonardo del hospital, y se hacía a la loca, su mujer.

Carmelia siempre fue una mujer muy organizada y le encantaba planear sorpresas, por tal, había también preparado una hermosa cuna para su nueva sobrina.

Mañana será un día diferente, un nuevo despertar -me escuché decir entre susurros.

-¡Buenas noches hermano!

-¡Que descanses, Camilo! Nuestra casa es magnífica para acobijar sueños así que aprovecha —dijo Leonardo amable y gracioso.

Levanté mi mirada hacia la pareja y fui testigo de la magnífica aura de dos enamorados. Leonardo estaba parado justo atrás de mi hermana, acariciando sus hombros mientras ella apoyaba su rostro sobre el de él. Jamás la vi tan feliz.

La habitación era grande y la cuna de la bebé parecía perfecta pero aquella noche tenía la necesidad de sentirla lo más cerca posible. Creía que si Diana era realmente el ángel que llegaba a devolverme la vida, debía entonces estar toda la noche protegiendo mis sueños, y yo los de ella, en esa casa de ensueños.

En un mundo muy pequeño tan sólo habitado por una criatura de dos años, nació el temor. Aquel agujero con sed de mundo se apartaba de todo lo material pues no existía ni el agua, ni la tierra, ni el fuego, ni mucho menos el aire. Los pulmones del niño tan sólo pompeaban soplidos de una sustancia gelatinosa y grisácea la cual hacían hasta a él mismo dudar de su existencia. El niño no ignoraba su diferencia, ni la falta de lógica de que estuviese en un espacio vacío, pues aunque carecía de compañía de alguna otra especie en aquel mundo desolado, tenía como punto de comparación, recuerdos de una vida pasada a la que ya había pertenecido pero de la cual había sido bruscamente arrebatado. Cada ciclo de sol representaba una oportunidad nueva de cambiar su presente, su más grande ansia era recuperar ese sentido de algo que había perdido involuntariamente pero que sabía que no solamente había existido, sino que estaba convencido de que prevalecía en algún lugar fuera de su cosmos, y estaba dispuesto a gastar hasta la última gota de su fluido vital en la búsqueda y recuperación de aquella vida que para los seres de su vida pasada, era normal.

Junto con sus recuerdos de vida en familia, también recordaba imperfecciones que "la gente común" reclama ser castigos e injusticias. De vez en cuando sus tubos vitales paraban de pompear como respuesta inmediata de sentimientos de melancolía debido a la sensación de pérdida.

Su corazón se sentía incómodo ante un palpitar casi digno de ser titulado por una conjugación de letras y vocales que en su lengua pasada producían el sonido de la palabra soledad, pues nada a su alrededor, es decir la nada, parecía prometer ser digno de lucha. Todo a su alrededor era desolado y carecía de textura. Ante la abundante presencia de mortandad, el niño acomodó su cuerpecito en un plano horizontal, esperando generar aunque fuese la más mínima sensación de cambio, pues a pesar de su presencia en aquel lugar vacío, la naturaleza de su habilidad de transportarse en pensamientos y su sensación de cansancio corporal respondían instintivamente en una manera casi habitual, ya antes experimentada. Estando boca arriba sus pupilas se alargaron a distancias sin fronteras y al mismo tiempo parecían estrellarse más y más. Fue en ese mismo momento que su mente sintió el tormento de comprender que sus sensaciones no eran tan ajenas a sus recuerdos. El niño, no realmente niño, era tan sólo la primera generación de seres con la capacidad de auto condenarse en el único mundo en el que las inconformidades del subconsciente pueden llegar a atrapar al hombre en un mundo totalmente y negativamente sencillo. Habitaba en un mundo sin fallas técnicas, ni atentados hacia la existencia. Al final de la distancia se alcanzaba a divisar movimientos altivos y colores radiantes, alumbraban fuentes de vida energética digna de ser envidiada por cualquier ser no incluido en esa corriente en proceso de lucha, o más bien, cualquiera que hubiese sido excluido de ella. El niño se llevó las manos a la cara para cubrir la imagen y así minimizar su sentimiento de dolor pero este hecho aumentó más aún su pena al sentir sobre un rostro hondas de piel que se ganan con los años. Entonces supo que debía haber llevado mucho más tiempo de existencia de lo que él mismo pensaba. Reflexionó una vez más sobre su origen seguro de que aquella aflicción radicaba tras la lógica de una culpabilidad propia. Pues creía en la existencia de una realidad a la que alguna vez había pertenecido y a la que él mismo había querido renunciar. Recordó multitud, recordó gente de rostros irrepetibles y entre ellos una mujer de cabellos lisos y rojizos. La mujer le produjo un extraño dolor en el centro de sus pupilas, ella lo miraba con una mirada penetrante y afligida. Unos ojos azules casi transparentes delataban anhelos de felicidad. En el portal de su mirada se dibujaban pequeñas burbujas de lamento y dentro de cada burbuja su mismo rostro de mujer cada vez más embellecido, y con ojos más perforadores. Junto a ella, o más bien entre sus maternos brazos, había una criatura con unas alas enormes. El cuadro fue tan tormentoso que el hombrecito de tierra lejana no pudo evitar parpadear. La imagen recobró vida y una vez más dejó al descubierto el rostro de mujer, pero esta vez sin la sonrisa que se le había volado del rostro. La mujer desenlazó los brazos dejando caer la criatura y su imagen de desvaneció como se desvanecen la forma de las nubes cuando emprenden viaje a otros cielos.

Una vez más cayó el sol y aun el misterio de su existencia no tenía respuesta. En el centro de su cuerpo, en el lugar que le correspondía al corazón, sintió opresión y un sentimiento que cada vez lo acercaban más a la raza humana.

Con el amanecer nada había cambiado, por el contrario pareciera que el espacio fuera inmune, hasta el movimiento de su único habitante. El niño sintió que iba a estallar pues ya no soportaba más la incertidumbre de sentir que era simplemente pasado y estaba convencido que la gente fuera más feliz, tenían ternura e imperfecciones que los mantenían con refrescantes motives de vivir. Así que se propuso recobrar la imagen del rostro de mujer, pues estaba convencido de que ella encubría la llave que lo acercaría a la libertad. Falló una y otra vez, hasta que por fin se vio a él mismo en una casa llena de decoraciones, se vio solo y quiso salir pero al intentar girar su cuerpo en busca de una salida, recuperó la confianza en sí. Sobre su espalda resbalaban burbujas de aire que se inflaban y desinflaban por el respirar de otra presencia. De pronto se asomaron los ojos de la mujer desde el portal de un cuarto diminuto ubicado al otro extremo de la sala. En las paredes colgados, fotos en familia, fotos suyas y una foto de la mujer junto a él abrazada, fotos de la mujer sonriendo. Una foto gigante en la que estaban no solo él y ella, sino también un tumultico bajo sus pechos que transmitía la sensación de tener vida propia. Una vez mas no pudo soportar un extraño dolor que lo forzó a cerrar rápidamente los ojos pero reaccionó de inmediato en abrirlos para que así el lapso de tiempo no borrara el recuerdo que tan lejos lo habían hecho volar; tan lejos y tan cerca. Atravesó el ancho de la sala y sintió que su Corazón de humano amenazaba con reventarse. Luchó, por primera vez ahora que ya no le correspondía, luchó contra su cobardía y asomó su mirada hacia el interior de la habitación. Dentro de la habitación, halló a la mujer sentada junto a una cuna de bebé, la delicadeza de su espalda y su cuello al descubierto, mientras sus largos cabellos rojos se deslizan por encima de su hombro derecho. Ella lloraba silenciosa mientras sostenía entre sus manos una pequeña carta que aunque él no alcanzaba claramente a leer desde la distancia de su mundo artificial, parecía auto relatarse en su mente con una voz suave y tierna de alguien que apenas estrena las palabras, las tristes notas de una promesa que pudo haber sido en vida pero que ya parecía demasiado tarde para cumplir.

Mamita quiero empezar por darte unas gracias enormes por haberme llevado en tu estomaguito por tanto tiempo. Me hubiera gustado tanto que hubiéramos tenido mucho más tiempo para compartir tantas cosas bonitas. ¿Sabes?, a veces cuando movía mi cuerpecito para acomodarme en tu barriguita noté que te daban cosquillitas mis manitas, y mis pataditas, y aunque a veces te escuché quejarte, quiero que sepas que no fue nunca mi intención lastimarte y que me disculpes. Tenía pensado decirte que me disculparas tan pronto cuando nos viéramos, así como también había preparado un mundo de caritas y pucheros para entretenerte; para hacerte reír a ti y a papá. Estaba seguro que cuando papá me viera reír por primera vez le iba encantar, y se le iba a olvidar esa idea de que no íbamos a ser felices los tres. También me había propuesto aprenderme bien rapidito la palabra papá, así él se sentiría muy orgulloso y me daría muchos besitos. Me gustan los besitos que tú me das mami. Y tú… pues confiaba que tú tuvieras un poquito más de paciencia, pues primero quería que papi se sintiera feliz de contarles a sus amigos sobre mí. Luego a ti también te llenaría de besitos y caricias y claro… te diría mamá, y después te diría que te quiero mucho y que estaba muy feliz de que me quisieses tanto, incluso antes de verme. Mamá dile a papá que mis ojos se parecían a los suyos y que me parezco un poco en la forma de sus labios.

Bueno mami, ahora ya me tengo que ir. Los quiero mucho. No te quiero ver triste por mí. Cuídate y dile a papá que me perdone por si le hice algo malo, yo sólo quería conocerlos, y un secretico: ¡mucho más a ti! ¡Te amo! Adiós.

El niño se quedó paralizado bajo el umbral de la puerta de la habitación, quiso acercarse a la mujer, abrazarla, y pedirle perdón, quiso retroceder el tiempo y hacer las cosas bien, hacer las cosas como la mujer se lo había pedido, escucharla cuando ella le decía que lo amaba, que amaba al bultico que llevaba bajo su vestido. Ella le alcanzaba los brazos y los colocaba sobre su vientre mientras le decía que ese bultico también le pertenecía a él y que una vez llegara a sus vidas, todo sería colorido y lleno de luz, que la gente lo felicitaría por haber hecho tan bella obra de arte. Ella se arrodillaba pidiéndole que por favor le diera la oportunidad de ser mamá, de tener una familia, y de conocer a ese bebé que ya tanto amaba. Ahora ya era demasiado tarde. Sólo quedaba el deseo ardiente de retroceder el tiempo y complacerla.

De repente, una corriente lo succionó hacia el interior de su espacio vació y todo pareció atentar a una destrucción total. Lanzó su voz al viento en un grito desesperado pero sus labios no produjeron sonido alguno. Una vez más se encontraba desolado pero con la ternura mental de una humanidad latente que tenía la dicha de volver a contemplar. El niño se hizo hombre a través del tiempo que pasó recobrando recuerdos y envejeció en cuestión de días, en tan solo unos cuantos ciclos de sol. Ahora era evidente que su deseo de vivir la vida sencilla, sin complicaciones ni imperfecciones, lo habían convertido en ente, y su conciencia y raciocinio tan sólo latían debido a un propósito cruel de recibir castigo.

El niño ya hombre rompió en un mar de lágrimas. Volvió intentar lanzar un gemido al viento para desatar su furia y arrepentimiento. La mujer iba y venía a su memoria pero esta vez con unos brazos largos y abiertos que parecían invitarlo a vivir. La imagen carecía de fortaleza quizá por no ser un premio merecido. La imagen titilaba entre la oscuridad de la botella e imagines pintorescas de un mundo ya no pasado sino renovado. Su boca permanecía abierta con el propósito de invadirse por dentro de aquel estado vital, y al cabo de un largo tiempo compuesto por noches y días, produjo un sonido rechinante, alcanzó zumbidos cada vez más agudos y vibraciones que atentaban con desintegrar el sol. Toda su órbita revolucionaba a una velocidad que le hizo sentir que los tejidos que lo mantenían aun humano se estrellaban hacia direcciones totalmente opuestas, hacia espacios vacíos creando en el centro de su ser un espacio que se inflaba y desinflaba con oleadas de aire puro, de algo llamado oxígeno.

Al mismo tiempo dentro de su pensamiento, una voz inocente de bebé, le devolvía la vida.

Sonó el timbre.

Era todavía muy temprano pero alguien llamaba a la puerta. Lleno de amor por Diana y con la paz que lo inundaba tan pronto la tocaba, la sostuvo fuertemente en un abrazo y fue a la puerta a ver quién era. Esa no era su casa pero los dueños aún dormían y, aunque no conocía el estilo de vida de la pareja, si conocía bien a su hermana. Sabía que Carmelia no era de muchas amigas que la visitasen un sábado en la mañana, así que se dispuso a decirle a quien fuese el vendedor ambulante que timbraba, que era todavía muy temprano para molestar.

El timbre sonó una vez más.

-Ya voy -pronunció entre dientes par sí, pensando estar a tiempo para evitar que el cartero, o quien fuese, no timbrara una tercera vez.

-Lo sé -sintió que dijo una voz suave de mujer pero que no provenía del exterior de la puerta sino que sintió casi susurrándole al oído, y cerca de sus entrañas.

Miró hacia atrás y no vio a nadie. Intuyó que era su corazón quien le hablaba.

Finalmente, abrió la puerta.

-Ya no busques más respuestas. Ya estoy aquí.

-¡Tati...! -pronunció mi débil aliento el sonido de su nombre mientras mis ojos no contenían mis lágrimas burbujeantes de felicidad.

-¡Aquí estoy! -pronunciaron sus labios temblorosos.

-¡Te amo! -dije mirándola a los ojos.

-¡Y yo a ti!

Los tres se rindieron en el más fuerte abrazo de todas sus vidas.

La noche transcurrió en un abrir y cerrar de ojos. Camilo dejó que todas las lágrimas brotaran desde sus entrañas para desencadenar por fin el gran profundo arrepentimiento que lo mantenía prisionero. *Los errores habían sido errores pero esta mañana sin duda era un nuevo amanecer.*

---------------------------THE END---------------------------

Made in the USA
Middletown, DE
07 April 2016